Yssos.
A

La mort de Roger par
Baulier. J.F.F. 1041.

LE THEATRE FRANÇOIS.

CONTENANT.

Le Trebuchement de Phaëton.

La Mort de Roger.

La Mort de Bradamante.

Andromede Deliurée.

Le Foudroyement d'Athamas.

ET

La Folie de Silene.

A PARIS.

Chez PAVL MANSAN, demeurant ruë de la
Buchetie, pres le petit Chaftelet.
Et chez Claude Colet, au Palais, en la gallerie
des Prifonniers.

M. DC. XXIIII.

Auec Priuilege du Roy.

A VN AMY.

ONSIEVR,

Mon inclina-
tion, qui me por-
te à m'aquiter de ce que ie
dois à vos merites, & à vos
vertus, ne me permet pas
d'atendre vne ocafion plus
fauorable, que celle qui fe
prefente, de vous ofrir ce
Theatre François, qui fe

ẽ ij

peut dire le Theatre du monde, duquel cette vie reprefente vn abregé : Il contient quelques Tragiques fujets, où la Vertu ayant le vice pour concurrēt, triomphe de cét auerfaire, qui acroiſt tous les iours ſes palmes, à ſa honte, & à ſa confuſion. Ie ne vous parleray point icy de l'origine de la Tragedie, non plus que de ſa dignité, puis que l'antiquité l'autoriſe de tems immemorial, & que jointe à la Comedie, elle s'y obtint le

premier lieu des plus ver-
tueux paſſetems. Les
hiſtoires ne ſont remplie
d'autres exemples : Ces
venerables veſtiges de
Theatres, & Amphithea-
tres, où la grandeur Ro-
maine a plus ſuruécu qu'é
ſes armes, s'admirent en-
core en beaucoup de
lieux, tant de l'Italie, que
de notre France, témoins
de ſa magnificence , &
pompeuſe Majeſté. Puis
donc que des Grecs aux
Latins, elle eſt paruenuë
iuſques à nous , & a eſté

autorisée des plus do-
&ctes, & folides efprits de
ce fiecle, qui y ont exer-
cé leurs genies : Permet-
tez , Monfieur , qu'elle
voye le iour deſſous vo-
ftre autorité , & que ce
Theatre s'ouure aux Frã-
çois, fous vos fauorables
aufpices ; Si ie puis obtenir cela de vous , & que
la preuue de ma bonne
volonté , bien que foible,
vous foit agreable , mes
contentemens feront ari-
uez à leur periode, & me
doneray la vanité de croi-

re, que vous me permet-
trez de m'honorer du ti-
tre,

MONSIEVR

D E

*Votre tres-humble, & tres-obeiſſant
ſeruiteur,*

EXTRAIT DV PRIVILEGE
du Roy.

Ar grace, & Priuilege du Roy, il eſt permis à PAVL MANSAN, Maiſtre Imprimeur à Paris, d'imprimer, où faire imprimer, vendre, & diſtribuer, en vn, où pluſieurs volumes, enſemble, où à part, vn liure intitulé : *LE THEATRE FRANCOIS, contenant pluſieurs Tragedies, Trage-comedies, Paſtorales, Intermedes, Prologues, & Comedies Françoiſes, de diuers Auteurs, A ſçauoir, Le Trebuchement de Phaëton. La Mort de Roger. La Mort de Bradamante. La Folie de Silene, & autres ſemblables œuures.* Et défences ſont faites à tous Libraires, Imprimeurs, & autres, de le faire imprimer, vendre, & diſtribuer, ſi ce n'eſt du conſentement dudit MANSAN, pendant le temps & terme de ſix ans, à comencer du iour & date, que ledit Liure ſera acheué d'imprimer, à peine de confiſcation des liures contrefaits, de mille liures d'amende, & de tous dépens, dommages & intereſts : ainſi que plus amplement eſt contenu & declaré, eſdites lettres de Priuilege. Doné à ſaint Germain en Laye, le dixieſme iour d'Octobre, l'an de grace, mil ſix cens vingt-trois.

PAR LE ROY EN SON CONSEIL.

Signé,   DE LAFFEMAS.

Et ſcellées du grand ſceau en cire iaune.

A L'AVTHEVR DV TREBVCHE-
ment de Phaëton.

SONET.

TOy qui peins en tes vers, la funebre auanture,
  De celuy qui pensa consomer l'Vniuers ;
Tu as pris vn sujet bien digne de tes vers,
Vers, qui te feront viure apres la sepulture.

  Phaëton , fils du Dieu qui regit la Nature,
Sans lequel icy bas tout iroit à l'enuers,
Voulut monter au Ciel d'vn iugement peruers,
Pour estre reconu sa chere geniture.

  Toy poussé du desir d'vne pareille enuie,
Méprisant pour le Ciel le plus doux de la vie,
T'animes come luy d'vn dessein glorieux ;

  Mais le sien mal fondé, d'vn seul coup de tonerre,
Le trebucha du Ciel, au plus creux de la terre ;
De la terre, le tien t'éleue dans les Cieux.

B. H.

LE
TREBVCHEMENT
DE PHAETON.

TRAGEDIE.

ARGVMENT DE CETTE
Tragedie.

PHaëton, fils d'Apollon, & de Climene, fut en ses ieunes ans compagnon d'Epaphe, ils estoient de même âge, & ne se vou-loient rien ceder l'vn à l'autre ; Epaphe, come fils de Iupiter, & d'Yo, & Phaëton come fils d'Apollon ; de sorte que de ces humeurs si ambitieuses, naissoient bien souuent des querelles entr'eux, qui furent cause, qu'vne fois Phaëton se rendant insolent à cause de son extraction, Epaphe luy dit en colere, qu'il estoit bien simple, d'ajouter foy aux contes de sa mere, & qu'il s'abusoit de croire qu'il fût prouenu d'Apollon ; Phaëton confus d'oüir ces reproches, rougit de honte, & s'en alla droit à Climene, se plaindre de l'iniure qu'on luy auoit faite, la coniu-rant de luy faire sçauoir qui estoit son

vray Pere, & luy en doner des aſſûrances
certaines pour le tirer de la doute qui l'a-
fligeoit : Climene, apres luy auoir prote-
ſté, qu'elle luy auoit toujours dit la verité touchant ſon origine, luy conſeilla
d'aler treuuer Apollon ſon pere, pour
s'en rendre certain de ſa propre bouche,
ce qu'il fît, & eſtant en fin paruenu, par
la conduite de Diane ſa tante, au riche
Palais d'Apollon ; & luy ayant demandé
quelque gage aſſûré de ſa naiſſance, il
luy octroya le choix, de tout ce qu'il luy
voudroit demander, & iura par le Stix,
ferment irréuocable aux Dieux, de ne luy
dénier l'éfet de ſa demande ; dont ce temeraire abuſant, pour preuue d'vne afection paternelle, requît de luy pour vn
iour, la conduite, & le gouuernement de
ſon char radieux, qui done le iour au
monde, ce qu'Apollon reconoiſſant fatal à ſon fils, tâcha de l'en détourner, &
n'ayant pû gâgner cela deſſur luy, ny re-
tracter le ferment ſolennel qu'il luy auoit
fait, apres luy auoir doné les meilleures

instructions, & enfegnemens qu'il put, fut contraint de luy abandoner ce chariot. Mais Phaëton ne pouuant venir à bout des cheuaux qui le tiroient, se treuuant égaré du droit chemin, que le Soleil a acoutumé de faire, au lieu d'éclairer la terre, il l'emplit de chaleurs si extraordinaires, qu'il la pensa réduire en cendre: si bien que Iupiter en receuant de grandes plaintes de tous côtez, lança sa foudre dessur luy, & le fit trébucher du chariot en bas dedans le fleuue du Pau, loin du lieu de sa naissance: Les Nymphes voisines l'enterrérent, & grauérent vn Epitaphe sur son tombeau. Climene sa mere, se rendit si furieuse de sa perte, qu'elle courut quasi tout le monde pour treuuer son corps, & à la rencontre de son tombeau dessur la riue du Pau, demeura toute pâmée: Ses trois filles, Phaëtuse, Lampetie, & Lampetuse, s'afligérent tellement de la mort de leur frere, & pleurérent tant dessur sa tombe, que les Dieux prenans pitié d'elles, les changérent en Peupliers, & leurs larmes en Ambre.

LES ACTEVRS.

EPAPHE.
PHAETON.
CLIMENE.
DIANE.
APOLLON.
IVPITER.
MERCVRE.
MOME.
CIBELE.
PLVTON.
NEPTVNE.
PHAETVSE.
LAMPETIE.
LAMPETVSE.

LE
TREBVCHEMENT
DE
PHAETON.
TRAGEDIE.

ACTE PREMIER.
SCENE I.

EPAPHE, PHAETON, CLIMENE.

E P A P H E.

V suprême degré d'vne humaine
   puissance.
I'ay pour pere Iupin, qui les fou-
   dres élance :
Sur les Arcadiens ie suis comme vn Soleil,
Qui reste dans le Ciel à luy même pareil ;

                     A

L'Egipte, que le Nil fertilement engraisse,
M'éléue des autels pour la garder d'opresse;
Pour sauuer ses moissons, & pour la maintenir,
Contre ceux qui voudroient son repos préuenir:
L'orgueilleuse Memphis, & ses ondes rapides,
L'excessiue hauteur de tant de pyramides,
Témoignent aux mortels que mon authorité,
Retient entierement de l'immortalité:
Ayant le Ciel pour pere, & pour mere la Terre,
Les Astres pour voisins, pour vengeur le tonerre:
Inache, mon ayeul du côté maternel,
(Dont le nom sur les eaux coule perpetuel,)
Monarque sur les Grecs absolûment comande,
Ainsi que fait Iupin sur la Celeste bande:
Ma mere, sous le nom de la Deessé Isis,
N'a pas moins de pouuoir que l'alme Nemesis;
Ses bien-faits reconus iusqu'aux fins de l'Asie,
Enflent les demi-Dieux d'extrême ialousie;
Et nul ne s'oseroit à moy parangoner,
Qu'vn foudre ne le vint aussi tost guerdoner:
L'homme sage, & discret, qui se sçait reconoitre,
Ne s'ataquera point folement à son maitre;
Il ménage sa vie à la proportion,
Du plus iuste compas de la sumission.

Vn seul ieune indiscret, indigne qu'on le nomme,
Enfant presomptueux que la gloire consomme.
Abuse des faueurs dont ie l'ay preferé :
Si veux-ie radresser son esprit égaré,
Et plier sous mon ioug son audace mutine :
Mais c'est luy pour certain qui vers moy s'achemine.

PHAETON.

Cher Epaphe, quel soin vous entretient icy?

EPAPHE.

Tu viens tout à propos me tirer de soucy,
I'estois émerueillé d'vne si longue absence,
Mais l'ennuy du passé reçoit sa recompence :
Or tous deux assemblez voyons parmy ces bois,
Si nous pourons réduire vn sanglier aux abois :
Diane, des forests souueraine Deesse,
Nous fauorisera comme notre maitresse.

PHAETON.

Ie suis assez bastant pour remporter l'honeur,
Que pouroit en la chasse aquerir vn veneur,
Et me puis preualoir (de toute gloire vuide)
N'auoir moins de credit que la sœur Latoide :
Quel besoin de second? il n'est point de sangliers,
Que ie n'ataque seul au fond de ces haliers,
Fils du clair Dieu du iour, ayant la dextre armée,

A ij

Ie resteray vainqueur des Lyons de Nemée,
Surmonteray les Ours que l'Afrique nourrit.

EPAPHE.

Il se faut défier d'vn orgueil qui nous rit;
Sous ses allechements souuent il nous afronte,
Et ne nous laisse en fin sur le front que la honte;
Modere cette ardeur; sois plus sage, & prudent;
Car cela sentiroit son petit impudent.

PHAETON.

Et quoy? qu'ay-ie comis qui vous puisse déplaire?
Quel sujét contre moy vous enfle de colere?
Parlez plus clairement, ne parlez à demy;
L'on ne doit rien cacher à vn intime amy.

EPAPHE.

Ie tien ceux pour amis, qui sages me reuerent,
Qui les homages dûs humblement me déferent;
Issu du Dieu Tonant, des autres Souuerain;
Qui rend (quand il luy plaist) le ciel sobre, où serain:
Ie ne puis m'obiecter, que la terre soutiêne,
Vne race qui soit comparable à la miêne;
Ie n'ay pour compagnons que les Dieux seulement,
Et pour succession que le haut firmament;
C'est le but de ma gloire, & là gist mon atente.

PHAETON.

Ce seul espoir, ainsi comme vous me contente,

Heritier d'Apollon, par lequel tous les arts,
Fleuriſſent maintenant en mile & mile parts:
C'eſt luy, par qui Python, Serpent épouuentable,
Vaincu, fut renuerſé dans la nuict éfroyable:
C'eſt par luy que le iour aux mortels eſt produit,
Il chaſſe lumineux les ombres de la nuit,
Il regle nos ſaiſons, & par ſon cours oblique,
Nourit les Citoyens de chaque Republique:
La Cité de Claros, ſa ſolenêlle Cour,
Patare Lycienne, & Delphe ſon ſejour,
L'Inſulaire Delos, bien auant engagée,
(Des Cyclades l'honeur) dedans la mer Egée,
Conſacrent chaque iour d'vn cœur déuotieux,
La victime & l'encens à ſon char radieux:
Sous le nom du Soleil, au Ciel il ſe remarque,
Il eſt Denis ſur terre, Apollon chez la parque,
Bref le Ciel, & la Terre, & le Tartare noir,
Dépendent homagers de ſon diuin pouuoir;
Des herbes le premier il conût l'éficace,
Et les acords du lut, la cadence, & la grace:
Les Cyclopes par luy furent tous déconfits,
Pour venger le trépas d'Eſculape ſon fils:
Iupiter courouué donant trêue à ſon ire,
(Bien que premier des Dieux) n'oſa luy côtredire;

                                   A iij

Son legitime enfant, ie m'oserois vanter,

D'estre autant reueré que fils de Iupiter.

EPAPHE.

La passion sans doute à ce coup te domine.

PHAETON.

La verité me plaist vers elle ie m'encline.

EPAPHE.

La verité pour moy témoigne deuant tous,

Que ma mere eut Iupin pour legitime epoux.

PHAETON.

De sa tige ie suis, le Soleil est mon pere,

Qui des astres sur nous l'influence tempere,

EPAPHE.

Combien que nous soyons de la sorte parens,

Ie te dois preceder par signes aparens,

Semence de celuy qui le monde gouuerne,

Neueu de l'Ocean, & du Dieu de l'Auerne,

N'auroy-ie sur toy donc aucune primauté?

PHAETON.

Tant s'en faut, ie ne puis soufrir d'égalité.

EPAPHE.

Ces paroles en vain semblent presomptueuses.

PHAETON.

Veritables pourtant, & les tiennes menteuses,

Nul d'entre les mortels ne m'est superieur.

EPAPHE.

Donc petit impudent, te suis-ie inferieur?
Ie suis bien redeuable à l'excés de ta gloire;
Non, cela ne se peut, l'éfet te fera croire
Qu'Epaphe a trop de cœur pour soufrir que tu sois
Ingrat à confesser l'honeur que tu luy dois.

PHAETON.

Fole suasion, de me penser repaitre
D'vn deuoir pretendu, qui déroge à mon estre.

EPAPHE.

Si tu doutes du mien meu d'vn ialoux demon,
Entens l'oracle Sainct de Iupiter Ammon,
Entens celuy de Crete, où celuy de Dodone.

PHAETON.

Mais toy celuy d'Ortyge, azile de Latone,
Reuere la Pithye, & son trepié fatal,
Qui du futur anonce & le bien, & le mal.

EPAPHE.

Helas! pauure abusé, qui t'a l'ame deçeuë?
Cétte presomption est de mauuaise issuë;
Laissons ces primautez, laissons ces difer ens,
Sans mentir conois-tu tes plus proches parens?

PHAETON.

Ie les conoy si bien que ie veux que l'on sçache
Que ie ne fus iamais engendré d'vne vache,

A iiij

TREBVCHEMENT

Et que iamais Iunon ne se seruit d'Argus,
Pour ma mere garder de ces cent yeux aigus.

EPAPHE.

Ce reproche doné, iaçoit qu'à ma loüange,
Te menace dans peu d'vn chatiment étrange.

PHAETON.

Ce propos enfielé ne peut m'épouuenter.

EPAPHE.

Il ne tend en vn mot qu'à te faire foüetter.

PHAETON.

Si la force du cors égaloit le courage,
Ie te feroy soudain remâcher ce langage.

EPAPHE.

Tay-toy petit bâtard, si tu contestes plus.

PHAETON.

Bâtard, ô Dieux! grans Dieux! ie demeure confus,
Et ne sçay qui me tient,

EPAPHE.

garde, que ton audace,
Ne te face sentir l'éfét de ma disgrace,
Pour obtenir pardon impetre ma mercy.

PHAETON.

Temeraire, c'est toy qu'on doit traiter ainsy.

EPAPHE.

Petit éceruelé, dont la fole ieunesse

Fait voir euidemment l'éfét de ta simplesse,
Viença, sois atentif, en peu de mots dy-moy,
Quelle audace te fait tant presumer de toy?
As-tu si peu de sens, de croire que ta mere,
Ait reçeu dans son lit Phœbus? qu'il soit ton pere?
O simple mile fois, de te glorifier,
Sur vn propos qu'aucun ne peut verifier,
Décharme toy les yeux, & sçache que Clymene,
Onc n'embrassa celuy qui le iour nous amêne,
Ce sont discours en l'air, vn bouuier amoureux,
De l'apas maternel t'engendra malheureux;
Adieu, ie n'en dy plus, mais desormais pren garde,
De ne me comparer ton engeance bâtarde,
Autrement ie sçauray châtier ton erreur.

PHAETON.

O Cieux! qu'ay-je entendu, quel tançon de fureur
S'élance dedans moy? les entrailles me pique?
Que Clymene brulant d'vne ardeur impudique,
M'ait conceu d'vn bouuier? le doy-ie croire? non,
Elle n'ût iusqu'icy conserué son renom;
Le feu, quoy que couuert n'est iamais sans fumée,
Ha! que i'ay de regret que mon ire alumée
N'a de cét impudent reprimé les propos;
Ma mere semble icy venir tout à propos

Pour m'éclaircir du fait, & me tirer de doute,
Oüy, la chose sera par sa bouche resoûte.

CLIMENE.

D'où prouient mon enfant l'aparente douleur,
Qui se lit sur ta face, & ternit ta couleur?
Dy-le-moy mon soucy, viste qu'on me l'explique,
Afin qu'au mal soudain le remede i'aplique.

PHAETON.

Las! ma mere, ie vien de soufrir vn afront,
Qui me martelle l'âme, & me rougit le front,
Sans pouuoir repart ir, non faute de courage,
Mais faute d'estre bien certain de mon lignage.

CLIMENE.

Certain de ton lignage; où est ton iugement?
Où vague ton espr it? declare vîtement,
Qui t'a ce vain soupçon coulé dans la pensée?

PHAETON.

Epaphe l'orgueilleux, m'a la chose anonçée,
M'a dit (car à ces mots ie demeure éperdu)
Que du grand Apollon ie n'étois décendu;
Helas!ie vous suplie à deux genoux ma mere,
Par ces pleurs épanchez, par ma douleur amere,
Me dire, si du sang de Merops ie suis né;
Où si le Soleil m'a la lumiere doné;
Retirez mes esprits de cette inquietude,
Car ie ne puis plus viure en telle incertitude.

CLIMENE.

Ie proteste mon fils, qu'issu du sang des Dieux,
Pour vray pere tu as ce flambeau radieux,
Qui de ses rais luisans tout le monde illumine,
Où puisse choir sur moy la celeste machine
Si ie te veux tromper ; que si tu ne me crois,
Phœbus te resoudra du fait, si tu le vois ;
Vu le trouuer mon fils, sa retraite prochaine,
Te tirera bien tost de soucis, & de pêne ;
Ton estre ne se peut mieux sçauoir que de luy,
Va donque te purger de ce fâcheux ennuy.

PHAETON.

Ie tressaus de plaisir, & mon ame rauie,
Boût d'aler voir celuy qui me dona la vie:
Vous ne pouuiez ma mere, à mes sens égarez,
Doner pour cét éfet témoins plus asseurez ;
Adieu ; le seul desir qui chatoüille mon âme,
M'éloigne de vos yeux, dont l'absence me pâme.

CLIMENE.

Premier, que ie te baise, & rebaise les yeux,
Helas ! que ce départ m'est triste, & soucieux ;
Que ie rebaise encor cette bouche sucrée ;
Va donc, pren ton chemin vers la voûte azurée,
Là, tu verras Phœbus, & pour t'autoriser,
Porte-luy de ma part ce gracieux baiser.

ACTE SECOND.

PHAETON, DIANE, APOLLON.

SCENE I.

PHAETON, DIANE.

PHAETON.

Loigné du climat où i'ay pris ma
　　　naiſſance,
Où i'ay paſſé ſans bruit le temps de
　　　mon enfance,
De biē loin ſeparé du pays maternel,
Me voicy maintenant au ſeiour Eternel,
I'ay franchy courageux la gent Ethiopée,
La fumeuſe Lemnos, engeance Cyclopée,
Les Medes, la Moiée, & d'vn ſoin vigilant,
Des Indes trauerſé le paſſage brulant;
Le cercle Etherien plus proche de la terre
(Où preſide la Lune) à cétte heure m'enſerre :
Le globe des mortels, le téreſtre plancher,

A mon cors deformais ne peut rien reprocher :
Celeste deuenu ie renonce à Cybele,
A cette heure ie tien de la bande immortéle :
Les Faunes, les Siluains, les Satyres cornus
Me sont inferieurs, & du tout inconus,
Ie me ris du Palais du bleüastre Pelée,
Du flus & du reflus de son onde salée ;
Quand ie pense à Pluton Monarque des esprits,
Ie moque sa grandeur, & la tiens à mépris :
Et mes pretentions du sort même maitresses
Dédaignent le pouuoir des Nymphes, & Deesses :
Miserables humains? où auez-vous les yeux,
De préferer la terre à la gloire des Cieux?
Suiuez de Phaëton la courageuse trace,
Et quitez à la mort la poußiere, & la crasse :
Tant de Princes fameux, enfans de l'Vniuers,
Qu'est ce qu'vne ombre vaine, & pâture des vers?
Il vaut bien mieux au Ciel éleuant son courage,
Se rendre partisan du celeste heritage :
Ie sçay que l'on dira que ie suis indiscret,
Coupable d'vne foudre, (equitable decret)
Que mes rogues desseins portez dessur les astres,
N'aurõt pour tout loyer qu'vn nombre de desastres :
Tout cela n'y fait rien, les souhaits plus hautains,

Sont ceux qui vont du pair auecque les destins;
Il faut que nos desirs nous portent sur leurs ailes,
D'vn vol determiné au de là des étoiles;
Il n'est rien impossible à vn cœur indomté,
Son but est que chacun ploye à sa volonté :
Mais discourant ie voy sous vne couleur brune,
Le visage argenté de ma tante la Lune,
Ie ne suis moins rauy, que ioyeux de la voir,
Ha! cette Deité vient pour me receuoir.

DIANE.

Phaëton mon neueu, ta subite venuë,
M'étone de te voir au dessus de la nuë,
Dy-moy (d'vn seul propos ie te veux enquerir,)
En tes conceptions te puis je secourir?

PHAETON.

Venerable clairté des humains adorée,
Dont la pudicité par tout est reuerée,
En l'honeur ofencé par vn traitre imposteur,
Ie cherche inquieté, Phœbus mon geniteur,
Vueille pour cét éfet secourable Deesse,
Me doner du chemin la conduite, & l'adresse.

DIANE.

Leue-toy mon mignon, & apren que tu peux
Sans peril aprocher Apollon & ses feux;

Ses rayons penetrans le globe plus opaque,
Certains te conduiront dedans son Zodiaque,
Il te faudra monter au quatriéme Ciel ;
Là tu verras Phœbus ton pere essentiel,
Compren ce que ie dis , & sage pren bien garde,
De ne le ioindre pas ; à la porte retarde,
C'est tout ce qu'il te faut atentif obseruer,
Pour obuier au mal qui pouroit t'ariuer.

PHAETON.

Ie voudroy derechef vous faire vne requeste,
Mois ie crains importun qu'elle vous soit moleste,
Princesse au triple nom, de grace poursuiuez,
Et de son char brillant l'ordre me décriuez.

DIANE.

Par la main de Vulcan l'œuure fut fabriquée,
Auparauant qu'il eût la hanche disloquée,
L'essieu du chariot est forgé d'or massif,
Le timon tout de même en poids plus excessif,
Les rouës tout au tour sont richement dorées,
Les rayons sont d'argent par bandes figurées,
Le dessus flamboyant de lapis est si clair,
Que Phœbus ne sçauroit en soutenir l'éclair ;
Mes petites amours contente-toy pour l'heure,
Ie ne puis faire icy plus longue ma demeure,

Acheue ton deßein , tu ne ſçaurois manquer,
Si ce que ie t'ay dit tu as pû remarquer.

PHAETON.

Mile & mile mercis de la route preſcrite,
I'auance pour franchir ma couŕſe precipite.

SCENE II.

APOLLON, PHAETON.

APOLLON.

ELeu Dominateur des celeſtes flambeaux,
Penetrant radieux iuſqu'au profond des eaux;
C'eſt par moy que la terre aprochant de ſon terme
Vient à maturité , iouïſſant de ſon germe :
Par moy les arbriſſeaux en chacune ſaiſon,
Courbent ſous le fardeau de leur riche toiſon :
Le fertile gueret de la mere Cybele,
Tous les ans vne fois par moy ſe renouuéle :
Auſſi tous les mortels en l'honeur de mes feux,
D'vn courage déuot m'apendent tous leurs vœux,
Et ialoux du deuoir d'vne humilité grande,

M'erigent

M'érigent des autels riches de leur ofrande;
Chaque pole sujét à mon oblique cours,
Reçoit alternatif & les nuits, & les iours:
Tous les signes du Ciel marchent à ma cadence,
I'ay l'œil sur leurs degrez, & sur leur influence:
Et iaçoit que le Ciel tournoye incessâment,
Nonobstant ie poursuy ma route également:
L'âme dans le someil oisiue retenuë,
Se delecte, & se plaist alors de ma venuë,
Et si tost que mes rais ont desseché l'égail,
Vn chacun diligent se remet au trauail:
Mais i'auise à ma porte vne face enfantine,
C'est mon fils pour certain qui deuant moy s'incline,
Phaëton mon enfant, qui t'amêne vers moy?
Ie n'en puis qu'augurer, soulage mon émoy.

PHAETON.

Claire âme de la terre, astre dont la lumiere,
Comunique aux mortels sa vertu singuliere,
Grand œil de l'Vniuers, que i'oseroy nomer
Mon pere, sans vn mal qui me vient consomer;
Vn soupçon, où plutost vn martel qui m'agite,
M'empêche le parler, & fait que ie hésite;
Croiray-ie que ie sois vostre fils bien-aymé?
Vous diray-ie mon pere au besoin reclamé?

B

Maintiendray-ie insolent, toutefois incoupable,
Ce que ma mere à tous afirme veritable ?
Où si ie doy tenir sa persuasion,
Pour vn voile conçeu de son inuention,
Afin que sous le nom d'vne deité haute,
Elle pût mieux couurir la grandeur de sa faute :
Ce seul doute intestin m'a fait venir icy,
Vers votre Majesté, pour en estre éclaircy :
Donques ne tenez plus mes esprits en balance,
Si ie suis votre fils, que i'en aye assûrance,
Telle qu'à l'auenir n'ayant pere que vous,
Ie ne sois obligé de rougir deuant tous.

APOLLON.

Patiente mon fils, n'aborde cétte place,
Que premier mes rayons ie n'ôte de ma face :
Aproche desormais, ne crain point d'auancer,
Que j'aille mes deux bras à ton col enlasser ;
Croirois-tu mon soulas que celeste en mon estre,
I'eusse pû te voyant ingrat te méconoitre,
Non, cela ne se peut, & quand ie le voudrois,
Trop semblable à mes yeux tu me démentirois,
On reconoit assez en ta face, en ton geste,
Que tu es prouenu de semence celeste ;
Assure, assure toy que Clymene n'a point

(*Enuers toy trop fidelle*) *erré deſſur ce point;*
Croy-donc que come elle eſt ta naturelle mere,
Au ſemblable ie ſuis ton veritable pere ;
Que s'il t'en reſte encor quelque doute fâcheux,
Quoy que ce ſoit de grand, demander tu le peux,
Par le fleuue du Stix, & par ſon onde obſcure,
Mon ſerment ſolennel ; ie t'ateſte, & te iure,
En preſence des Dieux, qu'auant qu'eſtre requis
Tout ce que tu voudras deſormais t'eſt aquis :
Demande hardîment, ie te feray paroitre,
Qu'autre pere que moy tu ne dois reconoitre.

PHAETON.

Sous cette autorité, humble ie vous requiers,
La conduite d'vn iour de vos viſtes courſiers,
Donez grand Apollon que i'aye cette gloire,
Ma naiſſance incertaine ainſi ſera notoire.

APOLLON.

O! trop fole demande, apétits déprauez,
Que d'vn penible faix mes eſprits vous greuez;
Helas! mon cher enfant, faut il que ma promeſſe,
Précipite le cours de ta blonde ieuneſſe?
Encor ſi ie n'auois engagé mon ſerment,
I'aurois en ma douleur quelque ſoulagement,

B ij

Ie pouroy refuſer ta demande legere,
A laquelle à regret il faut que i'obtempere.

PHAETON.

Vous tenez (ie le croy) mon deſir inſolent,
Sans doute il vous trauaille, & vous va martelãt;
Mais ſacré geniteur , ie ne veux autre choſe,
Pour me legitimer que la parole écloſe.

APOLLON.

Quel poignant repentir me vient ore ſaiſir?
Charmé, circonuenu d'vn aueugle deſir?
Faut-il mon bien-aymé que mon ofre indiſcrétte,
Creuſe le precipice où ton malheur ſe iétte.
Tu aſpires trop haut; mon enfant tu te perts,
Tes eſpris trop auant s'engagent inexperts ;
Tes forces ne ſont pas baſtantes pour reluire
Sur mon char, que Iupin même ne peut conduire;
C'eſt vn deſſein mal pris, fol,& preſomptueux,
Deſſein à ſon auteur fatal & luctueux.
Chacun doit meſurer ſes deſſeins à ſa force,
Pour n'eſtre le iouet d'vne orgueilleuſe amorce:
Et c'eſt vne ignorance, & non pas vn ſçauoir,
De ſe laiſſer porter par delà ſon pouuoir,
Il n'y a que moy ſeul qui puiſſe faire aproche,
Et ferme me tenir ſur la flambante roche,

Au matin sur le frais les rênes en la main,
Il me faut trauerser vn montueux chemin,
Si roide, & si penchant, que mes cheuaux à pêne
Le peuuent afranchir qu'ils ne soient hors d'halêne:
Sur le milieu du iour ie me treuue si haut,
Que regardant en bas tout le cors me tressaut ;
Ie ne puis contempler, l'eau ny la terre ensemble,
Que saisy de frayeur aussi tost ie ne tremble ;
Vne décente au soir, extrême en son danger,
Lâche & retient mon char crainte d'aler plonger
(Escuyer indiscret) d'vne chûte subite,
Dans les flots azurez de la moite Amphitrite ;
Au lieu d'aler coucher auec temperament,
Mes rayons lumineux dessous son Element.
Il faut d'autre côté que ma route solaire,
A celle-là du Ciel directement contraire,
Resiste, & que ie monte & décende fumeux,
Sans me voir emporter come les autres feux ;
Si ie pêne en cela , le moyen que tu tienne
Mes cheuaux furibonds, en leur route ancienne ?
Ne te figure pas au Ciel des arbrisseaux,
Des fontaines, des prez, des villes, & des eaux,
Maints cruels animaux, cotoyeront ta route,
Qu'aprochant châque iour moy même ie redoute ;

                                        B iij

TREBVCHEMENT

Car si tu ne l'esquiue, vn taureau plein d'éfroy,
Semblera preparer ses cornes contre toy ;
Tu verras vn archer ayant en main sa fléche,
Vn Lion rugissant, qui tout cuit & desseche,
Vne écreuisse aussy, & plein d'infection,
Le corps enuenimé du cruel scorpion,
Tu demandes mon fils vne preuue valable,
Pour me verifier ton pere veritable ;
Quelle preuue plus seure, & quel meilleur témoin,
Qu'vne crainte pour toy, & qu'vn paternel soin ?
Vn soin digne au surplus d'vn peché legitime,
Plût aux Dieux que ton œil pût penetrer sublime
Au profond de mon cœur, tu pourois découurir,
Les glaçons de la peur que tu me fais soufrir
Mon fils, mon cher soucy, n'insiste dauantage,
Pour prolonger tes iours refrêne ton courage,
Change d'opinion, prens en particulier
Fauorable à ton bien cét auis singulier.

PHAETON.

Plongé plus que deuant en ma douleur amere,
Me faut-il malheureux retourner vers ma mere,
Incertain renoncer au plus cher de mes vœux ?

APOLLON.

Importun tu obtiens de moy ce que tu veux,

Reçoy donc sur ton front cette huile vertueuse,
Pour suporter du iour la flâme chaleureuse ;
Monte dessur le char ; déja l'obscurité,
Paracheue le cours de son humidité ;
La terre atend le iour, & ja l'aube se porte,
Pour ouurir aux mortels la lumineuse porte :
Garde-toy bien mon fils de piquer les cheuaux,
Trop vîtes & trop prôts aux iournaliers trauaux ;
Tien-leur la bride courte, afin que leur vîtesse,
Ne relêue soudain tes esprits de paresse ;
Ne roule point trop haut ny trop bas ton essieu ;
Pour aler seurement tien toujours le milieu :
Des rouës atentif suy la piste aparente,
Egalement au Ciel ren la terre contente ;
Ie laisse le succez de ton triste dessein
A fortune, qui tout recele dans son sein.

PHAETON.

Des cheuaux emplumez la precipite course,
Me separe de vous pour tirer deuers l'ourse.

APOLLON.

Conserue-le grand Dieu, si que de ce beau iour
Il puisse sans danger paracheuer le tour.

ACTE TROISIEME.
SCENE I.

IVPITER , MOME , DIANE,
MERCVRE, ET APOLLON.

IVPITER.

'Où vient que le Soleil plus haut
que de coutume,
De son cours déuoyé dans mon
trône s'alume?
Grand Maitre sur les Dieux,
oseroient les Titans,
Iriter derechef mes foudres éclatans?
Et Gyges, & Typhon, Encelade, & Porphire,
Voudroient ils derechef écheler mon Empire?
Le nuageux Atlas des glôbes le suport,
Semble s'estre démis de son penible éfort,
Les piuots recourbez sous leur charge massiue,

Auroient-ils delaißé leur naturelle riue?

Quel mélange confus vient troubler mon repos?

Seroit-ce le retour de l'antique Caos?

Les cinq ronds qui le Ciel également diuiſent,

Leur ancien compas rejétent & mépriſent;

Et le large ſentier (du Soleil le contour,)

Chaque zone obſcurcit éloigné de ſon tour:

Des globes ſeparez l'vne & l'autre ceinture,

Fait du chaud & du froid vne même nature;

Le mobile premier ſemble s'eſtre arété,

Trop lent, & tout contraire à ſa rapidité:

Que veut ce changement? oſeroient biẽ mes freres

De mon trône jaloux, eſtre mes auerſaires?

Le Ciel, la Mer, la Terre, & chacun Element,

Auroient-ils aſſemblez iuré mon détriment?

Tout ſans deſſus-deſſous tournoye peſle-meſle,

I'ay des foudres en main, dont l'orgueil ie demeſle;

Ie ſçay bien come il faut les rebelles punir,

Qui veulent indiſcrets à mon rang paruenir;

Ie feray que le Ciel, l'air, la mer, & la terre,

Se repentiront tous de m'auoir fait la guerre:

Mais d'où vient que Diane aparoiſt à mes yeux

D'vn viſage chagrin, penſif & ſoucieux?

MOME.

Ie me doûte que c'eſt elle vient faire plainte,
Du Cyclope Vulcan à ta Majeſté ſainte ;
D'autant que ce laron au decours la laiſſant
Pour panache en plein iour arbore ſon croiſſant.

DIANE.

Suprême Deité, grand Monarque du monde,
Qui d'vn clein fay trembler le ciel, la terre, & l'öde,
Pere de l'Vniuers, pendante à deux genoux,
Entens à ma complainte, & calme ton couroux ;
Vn deſordre aucnu me rend toute eſperduë,
Cette apréhenſion me bourelle & me tuë,
Vn braſier épandu ne ceſſe d'échauſer
Mon humide ſejour ſur le point d'étoufer :
Tous les airs embraſez ſont remplis de fumée ;
Et d'vne obſcurité les voûtes enflamées ;
Le coche fraternel contre l'ordre ancien,
Se treuue inferieur, & plus bas que le mien ;
Ie ne tien plus de luy la clairté coutumiere,
Ie reſte diaphane, obſcure, & ſans lumiere,
Le dragon que le froid retenoit pareſſeux,
A ſon pôle ataché s'éfraye de ces feux ;
Les étoiles qui ſont proches du pôle artique,
Semblent vouloir tomber dans l'onde Adriatique.

Emeuës de sentir la chaleur du Soleil;
Le bouuier éperdu s'étone en cas pareil,
Et bien qu'il soit tardif à guider sa charette,
Pique vîte ses bœufs que l'epouuante arête;
Ie meurs d'impatience, ouy confuse ie meurs,
Et les airs sont priuez de mes tiedes humeurs,
L'excessiue chaleur dessêche, & diminuë
La froide humidité de ma lampe cornuë,
Ie reste sans pouuoir, mes autels delaissez
Ainsi come au passé ne sont plus encensez;
O sacré geniteur, aye l'oreille ateinte,
D'vne compassion fauorable à ma plainte.

M O M E.

Ie meure, si ie puis de rire m'empécher,
Pere, leur parenté de pres se veùt toucher,
La harangue ne tend faite de cette belle,
Qu'à faire remonter son frere dessur elle.

M E R C V R E.

N'agueres delegué du côté d'Occident,
Come i'aloy les airs de ma plume fendant,
Vn nuage fumeux me sufoqua de sorte,
Que i'errois çà & là ainsi qu'vne ombre morte;
Confus ie ne sçauois en quelle plage aler,
I'esquiuois la chaleur, crainte de me brûler;

Ce braſier a noircy la gent d'Ethiopie,
Le chaud regne par tout en la froide Scythie,
Rhodope eſt toute en feu, les Libiques ſillons,
Steriles ſont changez en arides ſablons,
Et ſi ta Majeſté neglige d'y entendre,
Et Ciel, & Terre, & Mer, ſeront bien toſt en cêdre.

M O M E.

S'il eſtoit de la ſorte arété des deſtins,
Que de macreaux rôtis, & de fils de putains.

M E R C V R E.

Boufon, ſans le reſpect,

M O M E.

           acheue, de ton pere :
Voulez vous du bâtard vne preuue plus claire ?

I V P I T E R.

Quels ſiniſtres demons ont cauſe cétte ardeur ?
Où cétte humilité qu'on doit à ma grandeur ?
Quelque plus puiſſant Dieu d'vne ialouſe rage,
Voudroit il s'emparer du celeſte heritage ?
Ie veux ſçauoir l'auteur du deſordre comis,
Reconoitre quels ſont ces rogues ennemis,
Ie doute qu'Apollon ſorty de ſa cariere,   (re;
N'ait luy-même embraſé l'vn & l'autre hemiſphe-
Mercure, fends les airs, & promtement dy-luy,

Qu'il me vienne tirer de ce fâcheux ennuy,
Qu'à mon comandement hâtif il s'achemine,
Afin que de ce mal ie sçache l'origine.

M O M E.

O, que bien plus dispos nous le verrions voler,
S'il aloit vne Nymphe ores maquereler.

M E R C V R E.

Pere, ie te supply' reprimer l'impudence,

M O M E.

De Mome, qui dit vray, & mesme en ta presence.

I V P I T E R.

Diane , patiente, espere de reuoir,
Ton clair astre nuiteux en son premier pouuoir ;
Sans doute que l'ardeur qui les pôles opresse ,
Procede de Phœbus perdu de son adresse ;
Ses cheuaux hanissans sur leurs plumes portez,
Deuancent du matin les vents précipitez ;
Il semble à leur galop hors du chemin solaire,
Qu'ils soient de beaucoup moins chargez que d'ordi-
De même qu'vn vaisseau qui se voit agité, (naire,
Faute d'auoir son poids d'vn & d'autre côté;
Ie m'étone pourtant, coment il se fouruoye,
Come il a delaissé sa coutumiere voye,
Des cerdes de tout tems le plus adroit cocher,

Il n'auoit onc oſé des póles aprocher,
Il marchoit du leuant d'vne ordonance égale,
Pour aler repoſer dans l'onde occidentale ;
Mais le voicy venir, il faut que nous ſçachions
Come il m'oſe aborder priué de ſes rayons,
Que veut dire mon fils cette face apâlie ?
Tire-moy de ſoupçon, & mon doute délie,
Hé ! d'où vient que ton char contre l'ordre requis,
S'écarte du chemin qui luy étoit aquis ?
Diane ton vnique à mes piez deſolée,
Dans ſon glóbe luiſant a peur d'eſtre brûlée ;
Moy dans le firmament ; tes cheuaux échapez,
Semblent eſtre du Nort tous quatre enuelopez ;
La flâme d'vn Phlegon dedans l'Ourſe égarée,
Rôtit l'extremité du froid Hyperborée ;
Où n'agueres l'hyuer, là domine le chaud,
Tantoſt le char trop bas, tantoſt il eſt trop haut ;
D'où ce déreglement ? & d'où vient que la flâme
De tes libres cheuaux tout l'vniuers enflâme ?
Répons auparauant qu'vn feu prenne ſon cours,
Au remede ſoudain on doit auoir recours.

MOME.

Perplex come vn à qui ſa ſentence on prononce,
Tu n'en dois eſperer qu'vne froide réponce ;

Il y a du malheur, le voilà plus surpris
Que ne fut Mars au lit grimpé deſſur Cypris.

APOLLON.

Ie ne puis dénier la faute manifeſte,
Indiſcret i'ay rompu l'ordonance celeſte,
Le chariot du iour qui me fut deſtiné,
Par vn autre à preſent eſt conduit & mené ;
Cent fois ie m'en repens, & mon âme confuſe,
Deuant votre grandeur ne peut trouuer d'excuſe,
Ie ſuis vrayment coupable, & coupable cent fois,
D'auoir ſi lâchement outrepaſſé vos loix :
Phaëton mon enfant, ma chere geniture,
(Pour la faute duquel à toute heure i'endure)
Par ſon outrecuidance à cauſé le débris,
Qui porte l'Vniuers aux larmes & aux cris :
Helas ! pere benin ie ne puis m'en dédire,
Temeraire ie ſuis coupable de votre ire,
Indigne de pardon, indigne d'aborder,
Mon geniteur, que i'oſe à grand pêne œillader :
La faute eſt capitale, entant qu'vniuerſelle,
Il ne s'en peut comettre vne plus criminelle ;
Mais quoy pere des Dieux, ce deſordre auenu,
Prouient de Phaëton mon enfant reconu,
Expreſſément pouſſé de Clymene ſa mere,

Pour ſçauoir ſi j'étoy ſon legitime pere:
Or pour l'en aſſûrer ie luy donay le chois,
Sur tout ce que pour lors poſſeder ie pouuois ;
En atteſtant le Stix de tenir ma promeſſe ;
Helas ! ce ſeul penſer me torture ſans ceſſe,
Obligé du ſerment comun entre les Dieux,
L'imprudent me ſemond du chariot des Cieux,
Et ſans apréhender ſa prochaine ruyne
Ce malheureux deſſein germe dans ſa poitrine :
I'vſe de remontrance, & tâche à l'étoufer,
Mais tant plus ſon deſir vient ſon âme échaufer,
Oſtiné de la ſorte, il forme ſa demande,
Ie demeure étoné, tout confus i apréhende,
Pour l'en diſſuader ie luy remets aux yeux,
L'incroyable laideur d'vn dragon furieux,
Et du char ſouhaité la route dificile ;
Mais en vain, mon diſcours luy fut lors inutile,
Malgré ma remontrance il monte tranſporté,
Sur le char à ſon tour ordinaire apreſté ;
Mon pere pardonez à l'amour indiſcrette,
Preſeruez Phaëton que mon âme regrette,
Permétez que mon char toujours en ſon entier,
Soit aujourd'huy par moy remis en ſon ſentier.

MOME.

M O M E.

O le méchant garçon, sa demande hardie,
Fera mourir de soif les buueurs de Candie;
A faute de vapeurs, l'heritage tortu
Délectable à chacun, restera sans vertu.

I V P I T E R.

Tout cela ne fait rien, vne chose est à craindre
Que le brasier épris ne puisse pas s'eteindre,
Ha! peu caut Apollon, deuois-tu sans conseil,
Déliurer à ton fils les cheuaux du Soleil?
Où ta prudence alors? n'osois-tu contredire
Vn enfant, qui souuent au chois prendra le pire?
Pouuois-tu pas d'vn trait de magnanimité,
Châtier son orgueil, & sa temerité?
O quel aueuglement! qu'elle extrême folie!

D I A N E.

Il n'est si bon chartier qui par fois ne s'oublie.

M O M E.

C'est bien dit, & ie croy que d'exemple seruant,
Toy qui conduis vn char, tu verses bien souuent.

D I A N E.

Mon pere tu entens,

M O M E.
oüy s'il n'est sourd sans doute.

C

IVPITER.

Galant, si d'aujourdhuy.

MOME.

Ie ne dy mot, i'écoute.

DIANE.

Mon frere, diligent voyez de radresser
Votre fils, qui ne fait que le monde opresser ;
Remettez-le en sa route, & luy seruez de guide,
Il ne peut trop foiblet tenir ferme la bride
De vos cheuaux fougueux, qui d'vn cours deréglé,
Aprochent de trop pres l'Equinoxe gelé ;
Alors qu'il m'aborda, que ne fus-je auertie
Du dessein entrepris ; iamais sa départie
Ie n'eusse consenty ; dans vne seule nuit
Moy-même chez les siens ie l'ússe reconduit.

MOME.

Il eût bien mieux valu en atendant l'aurore,
Qu'il fait frais cheminer, dedans ton lit l'enclore ;
Quoy que ieune, il t'eût mieux seruy que tõ dormeur,
Dont les baisers ne font que te mettre en humeur.

APOLLON.

Chere sœur, receuez ma viue repentance,
Pour vn amandement comis en mon ofence ;
Ie sçay que vous soufrez par ma simplicité,

Mais plus qu'aucũ des Dieux i'ay l'esprit tourmẽté,
Incessámēt ateint du remors qui m'agite.

MOME.

Pere, ce beau cocher quelque grace merite,
Puis qu'à son fils il a donné coche, & cheuaux,
Qu'au moins il ait le fouët, soulas de ses trauaux.

APOLLON.

Mon pere, permets-tu qu'vn infame me traite?

MOME.

En chartier, qui n'a plus, ny cheuaux, ny charette.

IVPITER.

Silence; messager, vole droit au leuant,
Mercure, le desir te doit seruir de vent,
Comande de par moy à l'aurore couriere,
(Crainte d'vn plus grãd mal) de fermer sa bariere:
Apres, voy de Pluton le nocturne sejour,
Voy Neptune, & Cibele, & tout le bas contour,
Leur faisant asçauoir de par la destinée,
Que bien tost ils verront leur tristesse bornée;
En peu de mots, voilà ton message compris.

MERCVRE.

O! Ciel i'ay cy-deuant maint voyage entrepris,
Mais cétuy cy sur tous me trauaille & me gẽne;

MOME.

Si par hazard tu vois en ta course Clymene,
Dy-luy que vers le Ciel elle ait toujours les yeux
Pour voir faire à son fils vn beau saut perilleux.

APOLLON.

Prophane, entreprens-tu?

MOME.

oüy beau fils, de te dire,
Que le Roy dépoüillé de tous icux est le pire.

IVPITER.

Cependant Apollon modere ces chaleurs,
Euite le succes de plus âpres douleurs,
Amande cette erreur, & entens à la perte
De ton enfant, qui court à sa ruine ouuerte,
C'est à toy d'y penser, asseuré d'vn pardon.

DIANE.

Cette douce faueur m'est vn riche guerdon,
De mon humidité deformais assûrée,
Ie retourne au sejour de ma voûte etherée.

MOME.

Si d'auanture Pan tu treuues en chemin,
Fay pour vne toison râcler ton parchemin.

DIANE.

Iupiter soufres-tu?

M O M E.

le mensonge de celle,
Qui se dit vierge, & l'a grand come un escarcelle.

APOLLON.

Et moy qui suis l'auteur de cét embrasemens,
Au deuant de mon fils ie cours diligemment
Afin de l'exemter d'une mort aparente.

I V P I T E R.

Va, ce dernier propos soulage mon atente,
S'il n'est point condáné par la fatalité,
Derechef des humains il vérra la clairté.

M O M E.

Sans te pêner en vain beau mignon de couchette,
Tu gagneras autant de soner la retraite,
Car deusses-tu grogner, écumer en goret,
Ton bâtard rôtira come un haran soret.

C iij

ACTE QVATRIEME.

SCENE I.

CIBELE, PLVTON, NEPTVNE, IVPITER, MOME, MERCVRE.

CIBELE.

Eleftes, au fecours, votre mere Nature,
Compagne du deftin, court à la fepulture :
D'ou ces feux alumez? & d'ou vient que les airs,
(Spectacle monftrueux) fe fondent en éclairs?
Au fond de fes guérets fe cache Triptolême,
Flore dans fes jardins s'éfraye tout de même,
Palês treffaut de peur, & Bâcus abatu,
Pâlit épouuenté parmy fon bois tortu:
Ceres fans fes épis, friffonne échéuelée,

Bref ſous châque climat la terre s'eſt troublée;
Ces feux Siciliens, meſſagers de Pluton,
Voudroient-ils me ranger ſous les loix d'Alecton?
Toy Prince des eſprits, quelle nouuelle hayne,
Te fait brûler mes chams conuertis en arêne?
Tous les arbres hâlez de l'extrême chaleur,
Sans fucilles, & ſans fruits augmentent ma douleur;
Et ſans humidité les herbes deſſechées,
Des plaintifs animaux ſont en vain recherchées;
D'vn deſordre ſi grand qui me vient embraſer?
De Phœbus, où Pluton, lequel doy je accuſer?
La Chymere infernale, éfroy de la Lycie,
Plus qu'elle ne ſouloit rend ma face obſcurcie,
L'Ætne, & le Mont-gibel, Plutoniques portaux,
En cendre réduiront, & les monts, & les vaux,
Je ne voy que des feux, & des flâmes legeres,
La terreur & l'éfroy des caſes bocageres;
Secours grans Dieux, ſecours, le glôbe terrien,
Que i'aferme de vous, ſe conuertît en rien,
Mais j'aperçoy Pluton, & le moite Neptune,
Trauaillez que ie croy de la même inſortune.

PLVTON:

Vn ſiniſtre malheur me deuore plaintif,
De mes ſombres cachots deſormais fugitif;

C iiij

Autrefois de l'amour la flâme inéuitable,
M'éprit estant reclus dans mon antre éfroyable:
I'estois come hors de sens, & plus ie m'afligeois
Et plus à son brandon mes esprits i'engageois ;
Ce feu persuasif me tenoit en pensee,
Mais vn plus furieux tient mon âme opressee,
Vn feu surnaturel même inconu des Dieux,
Enflâme, brûle, & cuit mon palais spacieux ;
La terre, qui se fend à toutes interuales,
Beante done iour aux prouinces laruales ;
Les esprits éblouïs de si grandes clairtez
Se plaignent déuétus de leurs obscuritez.

NEPTVNE.

D'vn tel mal ie me plain, mes eaux pleines de braise,
Ressemblent de Lemnos la brûlante fournaise ;
Contraint de me loger au pié d'vn large écueil,
Pour gauchir du destin le funêbre cercueil ;
Par trois fois hors des flots j'ay contemplé la nuë,
Et trois fois replongé ma péruque chenuë,
Douteux en quelle part ie deuoy me ranger.

CIBELE.

C'est trop notre soucy negligens prolonger ;
Par vne extremité se guarit vn extrême,
Implorons le secours du Monarque suprême.

PLVTON.

Cibele, cét auis me semble de saison.

NEPTVNE.

Je le treuue pour moy fondé sur la raison:
Vous parente des Lieux ainsi que nous ateinte
Pour émouuoir Iupin formez votre complainte.

CIBELE.

Moderateur des Cieux, surgeon Saturnien,
De Crete transporté sur le mont Idien,
Toy dy-je gouuerneur de la machine ronde,
Enten de nos douleurs la complainte profonde;
L'vniuers que le sort entre nous partagea
Que la pure equité dans nos mains engagea;
Vne confusion sur toutes excessiue,
Fait que nous implorons ton oreille atentiue:
Si tu as des humains quelque compassion,
Tire-les come nous de cette afliction,
Sans secours, il n'est plus de Veste, ny de Rhée,
Ta celeste vertu s'est de nous retirée,
Tes fréres, tout ainsi de sceptres dépourueus,
Leuent les yeux au Ciel, & t'apendent leurs vœux:
Nous voudrois-tu priuer de ta sainte parole?
Et rendre d'vn chacun la creance friuole?
Que nos lotz auenus ne nous soient point ostez;

Admis également par les fatalitez,
En souuenance d'Ops qui te conceut en Crete;
Sans raison ta fureur contre nous ne decrette,
N'enflâme dauantage, & n'irrite tes lois,
Pour vn peuple pour qui ie te porte la vois;
Dieux! vn bruit dedans l'air étone mon courage.

PLVTON.

I'impute ces éclairs à quelque bon presage,
Iupiter atentif reçoit notre oraison.

NEPTVNE.

Mais c'est luy qui paroist sur ce bas orison.

IVPITER.

Terrestres Deitez, deuers vous ie m'auance,
Pour maintenir vos droits, docile à la clemence:
Ie ne puis consentir qu'vn vol audacieux,
Trouble votre sejour, & menace les Cieux;
Vos aprehensions (mirouër de mon martyre)
Rengrêgent ma douleur qui s'acroist & s'empire;
L'indiscret Apollon sans qu'il luy fût permis,
S'est trop legerement de son coche démis,
En a pourueu son fils, qui pour sa legitime,
Contre l'ordre fatal a perpetré ce crime;
De là sourdent les pleurs, que les pauures mortels,
Epanchent éperdus sur mes diuins autels;

Il faut pouruoir au mal sans vser de remise.

MERCVRE.

Iris ne pleure plus de sécheresse éprise,
Ses diuerses couleurs des pluyes le signal,
Regrettent le defaut du Soleil leur phanal,
Et si tost Iupiter tu n'y dones remede,
Tu perdras la beauté du Troyen Ganimede.

MOME.

De ces flûtes Robin se souuiendra toujours ;
Sçait. il dextrement faire vn message d'amours?

MERCVRE.

Si tu m'ofences plus, gagne au pié de bonne heure,

MOME.

Iamais pour macreau ie n'ay fuy ie t'assûre.

IVPITER.

Tes brocards de saison maintenant ne sont pas:
Mais Cibele vers moy s'incline de là bas.

CIBELE.

Helas! grand Iupiter, Pelion, Cylle, & Tmole,
Athos, & d'Helicon la riue douce, & mole,
Taurus, & la montagne, où Orphée iadis,
Des Ménades meurtry sentit les traits hardis,
Les somets de Niphate, & d'Eryx, & de Cynthe,
De Dyndime, & d'Otrys, d'Oëte, & de Corinthe,

Osse, Olympe, & Caucase, & le haut Cytheron,
Les Alpes, l'Apennin sombreux à l'enuiron
Ne sont plus qu'vn brasier , & Corcyre Ionique,
D'Alcine voit brûler le iardin magnifique,
Mes fameuses Citez, Babylone, & Memphis,
Bisance, Alexandrie , Ephése & Tripolis,
Berenice, Antioche , & Leucade, & Constance,
Carthage Tyrienne, & Palerme, & Numance ;
Some tant de châteaux , & tant de hautes tours,
Se vont réduire en cendre à faute de secours :
Les Faunes, les Siluains, & les chastes Dryades,
Les Satyres cornus, les gayes Oreades,
Les tertres, les rochers, les forests, les buissons,
Et les bois suranez des ayeux nourissons,
Orphelins délaissez votre secours implorent,
A demy-consommez des feux qui les deuorent.

M O M E.

Ces villes que tu plains, ces bois, & ces rochers,
Vieille mere dès Dieux, ne te sont pas si chers,
Que d'vn œil sec jadis tu n'eusses veu leur cendre,
Ains que du bel Atys la fin piteuse entendre :

C I B E L E.

Ne me ramentoy point celuy qui me pourroit

MOME.
Faire r'entrer en rut si tost qu'on le verroit.
PLVTON.
Dans les sombres cachots où ma force est réduse,
Et d'où ie suis Seigneur, toute chose est confuse:
La terre creuassée en mile & mile parts,
Nous fait voir d'Apollon les plus rudes regards ;
Le rocher de Sisiphe est réduit en fumée,
La rouë d'Ixion se consome enflâmée ;
Tantale iusqu'au col dedans l'onde qui fuit,
La voit presque tarie , & ses arbres sans fruit ;
Titye my-rongé nous blâme d'iniustice,
D'aiouter ces chaleurs à son cruel suplice :
Les Danaïdes sœurs noires de ces brasiers ,
Voyent dedans leurs mains cendroyer leurs paniers ;
Les trois parques, Clothon, Lachesis, & Atrope,
Cerbere au triple-aboy que l'horreur enuelope ;
Æaque, Rhadamante, & le iuste Minos,
(Dans leur triste parquet étroitement enclos)
Efroyez de ces feux , en acusent la terre,
Tous prests de la détruire, & luy faire la guerre :
Les ombres, les esprits, sur le bord d'Acheron,
Menacent d'exceder le nautonier Charon :
Phlegeton plus boüillant , & ses eaux plus rapides,

Epouuentent d'horreur les trois fœurs Eumenides;
Proferpine fuyant cette chaude vapeur,
Au centre plus profond fe retire de peur:
Mõ frere Tout-puiffant deffous qui tout fuccombe,
Garde que l'Vniuers en defordre ne tombe.

M O M E.

La plaifante complainte, ô Pluton infenfé,
C'eft proprement iouër au monde renuerfé,
Car tu te plains du feu, toy qui es Roy des flâmes;
Les hommes dedans peu, fe metront fous les femmes,
La grenoüille voudra par ce change nouueau,
Defformais viure au feu, la Salemandre en l'eau.

P L V T O N.

Faquin fans le refpeƐt,

M O M E.

nargue pour ta colere,
Eftant Roy des efprits ma foy tu n'en as guere.

N E P T V N E.

Que diray ie confus, martelé de foucy,
De voir que mon féjour foit en defordre ainfy?
Les Dieux marins n'õt plus dãs leurs flots ae retraite
Les Tritons étonez ont quité leur trompette,
Leucothée aux yeux verds d'vn alteré poumon
Déplore vainement fon enfant Palæmon;

Les Phouques, les Dauphins, les mõstreuses balênes,
Gisent sur les sablons ainsi que les Syrênes;
Aucun d'eux n'oseroit le Caphare aprocher,
Embrasé tout autour, de même qu'vn bûcher;
Sterile est l'Ocean, & le changeant Protée,
Fuit le gouuernement de l'île Carpathée;
Le débris est par tout, Dircé n'a plus ses eaux,
Les sources d'Amenan leurs superbes ruisseaux;
Corinthe va pleurant sa celebre fontaine,
Pour son contentement il n'est plus de Pirêne;
En Thessale Penée, en Scythe Tanaïs,
Rendent les Citoyens de leur perte ébahis:
Aux Indes Erimanthe, & Lyce en Natolie,
Le iaune Lycormas qui flote en Ætolie,
Ont senty telle ardeur, qu'il n'en reste sinon,
A la posterité le déplorable nom:
Le Xante est plus troublé en son onde échaufée,
Que non pas quand Hector remporta le trophée
Aquis dessur les Grecs, lors qu'il fit embrâser
Les vaisseaux qui vouloient la grand'Troye râser,
Oronte, Thermodon, le Danube, & le Rhône,
Et l'Euphrate, & le Gâge, & Marne, & la Ga-
Sentent le même sort, & le Cygne au milieu   (rone,
Du Caystre plaintif fait son dernier adieu;

Le Nil, l'Hebre, & Strimõ, & le Tage, & l'Alphée,
Séchent deſſous l'ardeur de leur courſe échaufée;
La Sêne des François, des Alemans le Rhin,
Et le Tybre qui bat le rempart ſouuerain,
Deſſous pareille ardeur ont leur courſe bornée;
Conſulte Iupiter la ſainte deſtinée,
S'il faut que nous ſoyons des flâmes le butin,
Elance-nous tes feux, miniſtres du deſtin.

M O M E.

De tous les complaignans ta harangue fuillie,
Ie treuue que tu es le plus plein de folie,
De redouter les feux eſtant Prince des eaux;
A ce conte les vents ſe plaindront des roſeaux;
Au pis aler, le feu tes eaux ayant taries,
Tu vendras le poiſſon cuit aux hôteleries.

N E P T V N E.

Efronté, ſi iamais,

M O M E.

oüy, traite rudement
Mome, au cas qu'il ſe fie à ton traitre Elément.

I V P I T E R.

Chers parens, d'icy haut vos plaintes entenduës,
Selon votre deſir vous ſeront réponduës;
Votre mal de trop pres me touche, & l'équité

Iuſte

Iuſte me fait pancher pour vous de ce côté ;
La vertu nous enjoint d'aſſiſter ce qu'on ayme,
Qui fait pour ſon amy trauaille pour ſoy même:
Suprême gouuerneur de tout le genre humain,
Et de ſes actions ayant la bride en main,
Ie veux en confirmant l'ordre de la nature,
Redoner le repos à châque creature ;
Phœbus bien que mon fils , abuſant du pardon,
Aura pour ſon ſalaire vn condigne guerdon ;
Il ſçaura ce que peut vne main vengereſſe ,
Et que luy coûtera ſa trop grande ſimpleſſe ;
I'ay reſolu ſuiuant le vouloir du deſtin,
De châtier l'exces d'vn orgueil enfantin ;
Quoy qu'auecque regret il me faille reſoudre,
De faire trebûcher Phaëton de ma foudre ;
L'on ne peut rétracter vn iugement fatal,
Sa mort doit racheter celle d'vn general ;
Fauteur il doit mourir, non tout vn populaire,
Afin qu'à ſes pareils il ſerue d'exemplaire.

M O M E.

Et bien ? l'auoy-je pas ainſi prophetiſé ?
Le deſtin n'oſeroit Mome auoir refuſé,
Voilà ce que l'orgueil à ſon hôte reſigne.

D

CIBELE.

Favorable decret, ô sentence benigne,
Foudroye Jupiter ce petit impudent,
Fay sans nule mercy trebucher l'imprudent;
Que ta celebre Crete ore soit conseruée,
Qu'elle ne sente plus sa douleur épreuuée,
Que l'Europe, l'Asie, & le peuple Africain,
Le pays bazané du riche Mexicain,
Et bref que le contour de cette terre basse,
Soit par toy garenty du feu qui le menace.

PLVTON.

Celeste altitonant en qui tout est compris,
Sauue pareillement mon nocturne pourpris;
Que le marest des Dieux de qui l'onde est sacrée,
Ne soit point desseché par la flâme etherée;
Assûre mon Palais sur ton iuste pouuoir,
Et fay que ie ne puisse aucun tort receuoir.

M O M E.

Obtien plutost de luy que ton épouse chere,
Quand elle va passer les six mois chez sa mere,
Se vengeant de ton rapt qui luy tourne en afront,
Ne te face porter tes armes sur le front.

PLVTON.

Mon frere, ayez égard.

IVPITER.

cesse ces railleries.

MOME.

Pere, plus que ce mot, voilà tes armoiries.

PLVTON.

Endures-tu Iupin qu'on me brocarde ainsy?

IVPITER.

C'est vn fol, n'y prenez pas garde,

MOME.

Grand mercy.

NEPTVNE.

A celle de Pluton semblable est ma demande,
Fay voir que ta puissance est sur toute autre grande,
Secoure ton germain en telle extremité,
Et luy fay voir l'efet de ta sincerité.

IVPITER.

La mort de Phaëton dans mon trône arrêtée,
Ne se reuoquant plus doit estre executée;
Il faut, il faut punir telle présomption,
Ses éfets déréglez sont sans compassion;
N'en doutez mes amis dessous mon assurance,

D ij

TREBVCHEMENT

Vous auez en vos maux vne promte alegeance,
Si nous voulons par fois goûter vn doux repos,
De plus âpres ennuis il faut qu'il soit éclos.

MOME.

Si vous vous trouuez las en chemin d'auanture,
Piquez-moy tour à tour cette vieille monture.

ACTE CINQVIEME.

PHAETON, IVPITER, APOLLON, MERCVRE, PHAETVSE, LAMPETIE, LAMPETVSE, ET CLIMENE.

SCENE I.

PHAETON, IVPITER, APOLLON, MERCVRE.

PHAETON.

Rands Dieux qu'ay-je commis?
qu'ay-ie fait Berecinthe?
Suis-ie donque réduit à ma derniere plainte?
Secourez-moy mon pere; ambi-
tieuse humeur,

D iij

TREBVCHEMENT

Combien vous me caufez de crainte, & de tremeur;
Oüy, l'horreur me faifit, & ma fuperbe audace,
Conoiffant mon erreur me tranfit, & me glace;
Miferable fouhait, apétit dépraué,
Vous m'auez Ixion fous vos loix efclaué;
Las! belas! i'ay de pleurs les paupieres ternies,
De contempler fous moy tant d'horreurs infinies;
Déuoyé, ie ne fçav quelle route choifir;
Les cheuaux vagabons errent à leur plaifir,
Ils courent parmy l'air depourueus de leur guide,
Leur ayant fur le dos par trop lâché la bride;
Tantoft haut, tantoft bas ils prennent leur fentier,
Tous quatre me fentans nouice à ce métier:
Ores au firmament eft leur route prolixe,
Ores deffur le rond de châque étoile fixe,
Et tantoft décendant, il femble qu'égarez
Ils veuillent fe plonger dans les flots azurez:
Helas! ie m'en repen, repentance tardiue,
La crife de mon mal au periode ariue,
Je me repen grands Dieux d'auoir onques efté,
De m'eftre laiffé vaincre à la temerité;
Ie ne puis plus chetif en aucune maniere,
Suporter la chaleur qui m'étoufe meurtriere:
Mon fiege eft tout en flâme, helas! mon pere, helas!

Tendez à ce besoin, tendez-moy les deux bras,
Au secours, au secours, toute vigueur me laisse.

IVPITER.

Ha! malheureux enfant, victime de l'orgueil,
Deuois-tu t'emparer des rayons du Soleil?
Tu demandes secours; va, reçoy temeraire,
Pour ton iuste guerdon cét éclat bustuaire:

Trébuchement.

IVPITER.

Voilà come il conuient tes semblables punir;
A pêne en mon couroux me puis-je contenir;
L'horreur du châtiment doit seruir de limite,
A celuy qui du Ciel les actions imite;
Le mortel au mortel son rang doit égaler,
C'est le fait des oyseaux de viure dedans l'air,
Aux poissons, de nager dessous les froides ondes,
Aux brutes, de hanter les forests plus profondes;
La terre est aux mortels, & les cercles voûtez,
Le suprême séjour des hautes Deitez,
Où i'ocupe sur tous la séance premiere;
Mais que veut Apollon, plaintif, & sans lumiere?

D   iiij

APOLLON.

Afligé de la mort de mon vnique enfant,
Vne extrême douleur me va prefque étoufant ;
Vous auez feul caufé fa ruyne, & fa perte,
Sans vouloir pardonner à fon âge indifcrette,
Et fans confiderer furmonté de couroux,
Eftant iffu de moy, qu'il dépendoit de vous:
Las ! pauure Phaëton ie pleure ta mifere,
Ie me démets pour toy de ma charge ordinaire,
J'abandone le Ciel, & veux fur les coupeaux
D'Amphryfe, derechef conduire les troupeaux ;
Là ie veux lamenter, & d'vne pitié tendre,
Imiter en leur fin les Cygnes de Meandre :
Vous mon facré troupeau, cheres fœurs, come moy
Pleurez en tons diuers ce funebre conuoy,
Ie veux qu'inceffamentle Parnaffe foupire,
Renonçant deformais au doux fon de ma lyre ;
Vn regret infiny qui me point & qui m'ard,
Sera mon ambrofie, & mon plus doux nectar.

IVPITER.

Ne rengrêge mon fils tes douleurs véhémentes,
L'on ne voit point durer les chofes violentes,
D'vn malheur animé, n'en fais point vn plus grãd,
„ Pour l'équité toujours l'home fage entreprend;

Ton fils a retranché de luy-même fa trâme,
Et nul que luy n'en peut encourir aucun blâme.

APOLLON.

Son inique deftin fut par vous arété.

IVPITER.

Come iufte loyer de fa temerité.

APOLLON.

Vn enfant ne fe doit reputer téméraire.

IVPITER.

Le mal qu'il ignoroit, il nous le vouloit faire.

APOLLON.

Votre grandeur deuoit fa pêne moderer.

IVPITER.

C'en eft fait, ce difcours ne te fait qu'alterer.

APOLLON.

O peuiufte decret.

IVPITER.

Quiconque eft équitable,
Ne doit rien demander qui ne foit raifonable.

APOLLON.

Si ie pleure mon fils, c'eft auecque raifon,
En mes pleurs ie m'alêge, & treuue guerifon.

IVPITER.

Tel eftoit fon deftin à tous irreuocable.

APOLLON.

Où donc votre pouuoir si grand, & redoutable?

IVPITER.

Vn delit qui regarde & la terre, & les Cieux,
Et de telle importance, est detestable aux Dieux.

APOLLON.

La faute sur mon chef deuoit estre remise.

IVPITER.

L'on se prend à celuy qui la faute à comise,
Demande-moy mon fils tout ce que tu voudras,
Aussy-tost demandé, aussy tost tu l'auras ;
Mais l'arest de ton fils, pour qui tu intercedes,
Entant qu'executé, t'interdit les remedes,
Ne t'aflige donc plus de ce triste decez.

APOLLON.

Ma plainte n'aura donc que ce honteux succez?
Qu'vn autre de mon char ores prenne la charge.

IVPITER.

Vn autre pour tel faix n'a l'espaule assez large,
Réprime ces douleurs, & come auparauant
Redone tes clairtez au peuple du Leuant :
Ainsi cher Apollon par le Stix ie te iure,
Qu'vne sainte faueur reparera l'iniure ;
Ie veux que ton enfant reclus dans le tombeau,

Reprenne la vigueur de son âge plus beau,
Qu'il soit de ton Palais le concierge fidelle,
Lors que tu fais ta ronde & ta course anüelle ;
Mortel, il a payé le tribut à Clothon,
Mais ie le puis tirer du manoir de Pluton,
Que ce serment doné te contente infaillible.

APOLLON.

Las ! à vostre grandeur il n'est rien d'impossible,
Mes esprits soulagez donent trêue aux douleurs,
Et tarissent le cours de mes humides pleurs ;
Las ! pere, ayez pitié de la triste Climene,
Je crains qu'vn desespoir au trépas ne la mêne
De son fils idolâtre ; helas ! il m'est amer,
De la voir vainement ses amis réclamer ;
Il me semble déja de la voir éfrénée,
Sur le corps de son fils expirer forcenée.

IVPITER.

Pour remede à son dueil, Mercure, tire droit
Au pays de Climene, Arcadique détroit,
Dy-luy que Phaeton plus que iamais prospere,
Legitime heritier du Palais de son pere,
Qu'elle cesse ses pleurs, & que dans le cercueil,
Erigé pour son fils elle enferme son dueil :
Va, trauerse leger de l'vn à l'autre pôle,

Et en termes faconds cette mere confole.

MERCVRE.

A vos comandemens me voila preparé.

APOLLON.

Et moy de remonter fur le char égaré,
Auecque mile vœux à votre alme clemence,
De n'enfraindre iamais la celefte ordonance.

IVPITER.

Que chacun diligent fe range à fon deuoir ;
„ Souuent vn mal empire à faute d'y pouruoir,

SCENE II.

**PHAETVSE , LAMPETIE,
LAMPETVSE , CLIMENE,
MERCVRE.**

PHAETVSE.

Nsemble cheres sœurs , fondös, fon-
 dons en larmes,
Des pauures afligez les ordinaires
 armes;
Etonons de nos cris tous les Dieux
 dépitez,
Miserables auteurs de nos calamitez :
Celuy dont dépendoit notre esperance entiere,
Est maintenant reclus au ventre d'vne biere;
Notre frere n'est plus ; les Nayades du Pau,
Luy ont sur leur riuage éleué son tombeau,
Les filles de l'Erebe ont éteint sa ieunesse.

LAMPETIE.

O Ciel! que ce trépas me cause de tristesse,
Ie ne sçay trop chetiue , acablée d'ennuys
Come dessur les piez soutenir ie me puis.

LAMPETVSE.

Donons trêue à nos pleurs, afin de les épandre,
Pour vn dernier adieu dessur sa froide cendre
De sanglots opressée ; ô silandieres sœurs,
Prononcez contre moy vos arests punisseurs,
Mais quel nouueau frisson? vne pierre éleuée,
Paroist proche de nous funestement grauée.

Epitaphe de Phaëton.

Icy gist Phaëton, que la temerité,
Porta présomptueux sur le char de son pere
Qu'il vouloit gouuerner, mais s'il ne le pût faire,
Au moins d'vn beau dessein fut il precipité.
O malheur! ô malheur! ô Parques , ô lamies,
O sinistres destins, ô troupes ennemies,
Auez vous coniuré tous vos éforts vnis,
De me faire soufrir des tourments infinis?

LAMPETIE.

Helas! cher Phaëton reçoy dessur ta tombe,
Des soupirs & des pleurs , au lieu d'vne hecatombe;
Reçoy frere, reçoy nos ennuis angoisseux,

Ils portent messagers notre mort auec eux ;
Tu nous verras bien tost tes germaines loyales,
Crier auéque toy parmy les ombres pâles ;
Nos vies desormais ne peuuent prosperer,
Ny plus à l'auenir aucun bien esperer ;
Voilà de nostre deüil la marque déplorable,
Et de notre amitié la preuue veritable.

LAMPETVSE.

Termine Iupiter notre comun malheur,
Et fay que par ma mort s'exhale ma douleur,
C'est vn fait d'équité que d'aracher la vie,
A celuy qui n'a plus de viure aucune enuie ;
Mais d'où vient que mon cors éperdûment transy,
Semble se resserrer sous vn tronc endurcy ?

LAMPETIE.

Helas ! ma sœur, mes bras en deux rameaux se châ-
A ce triste accident tous mes esprits s'étragent. (gent,

PHAETVSE.

Mes cheueux voletans, ores ne semblent plus
Epars dessur mon chef que branchages fueillus,
A pêne puis-ie encor former vne parole,
Adieu ma mere, adieu, que le Ciel vous console.

CLIMENE.

O mere criminelle, helas ! qu'ay-ie entendu,
Le suport de mes ans dans l'abisme est fondu,

Il n'y a plus pour luy de pardon, ny de grace,
Cruelle i'ay meurtry le plus cher de ma race :
Ma faute ne se peut manifeste cacher,
L'ombre de mon enfant me la vient reprocher;
Que veux-tu Phaëton pour reparer l'outrage?
Veux-tu de mes douleurs vn plus seur témoignage?
Que ie t'aille treuuer, precipitant mes iours,
Puis que vif ie n'ay pû te doner de secours;
Quel espoir desormais pauure mere éplorée,
La ioye tout à coup s'est de toy retirée,
Les plus âpres tourmens qu'inuentent les humains,
Ne sont tant que les miens cruels & inhumains.

PHAETVSE.

Helas! dolente mere oubliez cette perte.

CLIMENE.

Quelle plaintiue vois ? las! ie suis découuerte.

LAMPETVSE.

Chere mere, les pleurs, les sanglots iournaliers,
Ont vos filles changé en ces tristes peupliers,
Il ne nous reste plus que cette voix mourante.

CLIMENE.

O grands Dieux! d'où prouient cette parole lente?
Ces arbres que ie voy, me semblent trembloter,
Qu'est-cecy ie les sens sous ma main palpiter.

N'appro:

LAMPETIE.

N'aprochez chere mere, & n'augmentez nos pênes,
Que sert de vous douloir, vos complaintes sôt vaines,
N'etraignez ces rameaux, plus vous nous careßez
Plus nos corps transformez cruelle vous bleßez.

CLIMENE.

O pere Iupiter! & toy lampe celeste,
Que voyez-vous d'enhaut de plus triste & funeste,
Que l'état malheureux où vous m'auez réduit?
Rages, à mon secours, delaißez votre nuit,
La fureur dans le flanc acourez Tysiphone,
Vous esprits forcenez que l'horreur enuirone,
Venez-vous ioindre à moy, & de vos cris afreux ;
Faites-moy trebucher dans l'Acheron larueux ;
Las! helas! mes enfans, qu'esperay je à cette heure ;
Vous m'auez préuenus en la sombre demeure,
Vous auez renuersé de nature les lois,
Et ce qui m'étoit dû, c'est moy qui vous le dois,
Ha! c'est par trop vécu, trouuons quelque suplice ;
Courons, courons chercher vn afreux précipice.

MERCVRE.

Arête ces soupirs, termine ces sanglots,
Domte ce désespoir, ennemy de ton los,
Faute d'humidité les vents perdent leur course,

E

Pour deſſécher ces pleurs fait en tarir la ſource,
Jupiter deuers toy m'enuoye à cette fin.

CLIMENE.

Que Iupiter me ſoit aujourd huy tant benin?

MERCVRE.

Sçache que Phaëton en ſon adoleſcence
Immortel tient au Cie l'immortelle ſeance,
Que fauory des Dieux il gouuerne à preſent,
Le Palais paternel lors qu'il en eſt abſent:
Celuy qui ſans raiſon contre le Ciel s'oſtine,
Précipite ſes iours, & cherche ſa ruyne ;
Rapelle donc ta ioye, & tes ſens exilez.

CLIMENE.

O pere des humains, confort des deſolez,
De mon afliction l'azile ſouhaitable,
Que mes graces te ſoient vne ofrande agreable ;
Reçoy mes chaſtes vœux d'vne pareille ardeur,
Que mon cœur les enuoye à ton alme grandeur ;
Conſerue Iupiter mon enfant qui te touche ;
Et toy Soleil luiſant compagnon de ma couche,
Par les embraſſemens que i'ay receus de toy,
Cheris ton Phaëton en memoire de moy ;
Le ſerment amoureux à cela te conuie,
Cependant en repos i'écouleray ma vie,

Mercure, ton meſſage abrege mes ennuys,
T'a vigilance m'a tiré des ſombres nuits ;
Ià mon ombre ſeroit aux enfers paruenuë,
Si ma dextre par toy n'ût été preuenuë.

MERCVRE.

Mon deuoir me défend de retarder icy,
Adieu, vy déſormais exemte de ſoucy.

CLIMENE.

Ie retourne vers vous mes filles bien-aymées,
Par la fatalité dans ce bois enfermées,
Qu'eſperez vous de moy qu'vn triſte ſouuenir?

PHAETVSE.

Adieu ma mere, adieu, vueillez cé dueil finir.

CLIMENE.

Adieu mes chers enfans, adieu ma chere race,
Que deuant que partir encor ie vous embraſſe,
Le deſtin maintenant me ſepare de vous,
Adieu, ie vay reuoir Merops mon cher époux.

Fin du Trébuchement
de Phaëton.

E ij

LA MORT
DE ROGER:
TRAGEDIE.

Imitée de la ſuitte de
l'Arioſte.

E iij

SOMAIRE DV SVIET DE
cette Tragedie.

 ANES Comte de Maien-
ce, s'estant retiré à Pon-
tiers, bany pour ses mau-
uais déportemens de la
grace, & faueur de Char-
les Roy de France, conçoit vne haine
mortelle contre Roger Roy de Bulgarie,
tant pour ce que Charles l'auoit pris en
afection, que pource qu'il estoit alié à la
maison de Clermont, à laquelle il auoit
aussi porté de tout tems vne haine irre-
conciliable, ce qui le fait résoudre à en
tirer la vengeance par sa mort, pour cét
éfet il va treuuer Alcine grande Magicienne, qu'il sçauoit pareillement fort
animée contre Roger, laquelle luy ayant
comuniqué son dessein, ils prennent ensemble résolution de se déguiser, & prendre la forme, elle de Renaut, & luy de
Richardet, passer ainsy en Bulgarie où
estoit Roger, pour l'abuser sous cette

forme, luy cháger ſes armes, & y en mettre d'autres en la place ,qu'Alcine auoit
enchantées , afin (luy dreſſant quelque
piege ſeló leur deſſein,) d'auoir meilleur
marché de ſa vie. En même tems Roſemont Roy des Turcs , pour venger la
mort d'Agramant, vient en France auec
vne puiſſante armée , & met le ſiege deuant Paris. Ils prennent cette occaſion
pour ſe défaire de Roger, en cette ſorte:
Apres luy auoir changé ſes armes,& pris
congé de luy, ils luy enuoyent vn courier,
auec vn paquet contrefait de la part de
Charles,pour le venir ſecourir,& luy dreſ-
ſent vne embûche ſur le chemin , où ayãt
eſté conduit par ce courier ,il fut aſſailly,
& mis à mort par Ganes & toute ſa parã-
té.Cependant Roſemont & les ſiens furent défaits, & contraints de leuer le ſiege de deuant Paris. Alcine voyant Roger
mort , regrette ſa perte,& le fait inhumer
honorablement, qui eſt la concluſion du
ſujet.

LES ACTEVRS.

GANES Comte de Maience.
ALCINE Magicienne.
DAMOISELLE d'Alcine.
ROSEMONT Roy des Turcs.
LIEVTENANT de Rosemont.
SOLDAT TVRC.
II. CITOYENS de Paris.
CHARLES Roy de France.
OGER Duc & Pair de France.
AMBASSADE de Rosemont.
ROGER Roy de Bulgarie.
SOLDAT François.
SENTINELLE de Paris.
TVRPIN Archeuesque de Rheims.
BRADAMANTE fille d'Aymon.
AYMON Duc de Montauban.
COVRIER de Charles.
ESPION de Charles.
COVRIER de Ganes.

LA MORT
DE ROGER.
TRAGEDIE.

ACTE PREMIER.

GANES, ALCINE, DAMOISELLE, ROSEMONT, LIEVTENANT, SOLDAT TVRC, 2. CITOYENS, CHARLES ET OGER.

SCENE I.
GANES SEVL.

St-ce ainſy qu'vn affront ſans ven-
geance demeure?
Faut-il que ta rancœur languiſſante
ſe meure?   (ton los,
Qu'vn exil vergogneux obſcurciſſe

Vagabond désormais de tout espoir forclos ?
Faut-il qu'un renegat, un perfide, un infame,
Sous couleur d'un forfait t'ait brassé ce difame ?
Un Roger, qui son Dieu, son Prince, son pays,
Engagez aux combats à méchamment trahis ;
Un étranger chez toy tout boufy d'arogance,
Oprimer te viendra sans en prendre vengeance ?
Tu verras ce serpent noury dans ta maison,
Qui t'aura les poumons infectez de poison,
Et tourné contre toy sa mortelle pointure ?
O bras cent fois trop lent à venger telle iniure ;
Cœur ingrat, casanier, courage éféminé
As-tu dedans ce cors si long tems dominé ?
Respires-tu coüard apres un tel outrage,
Sans exercer sur luy les éforts de ta rage ?
S'il adresse aux combats te dispense d'un dueil,
Tente d'autres moyens pour creuser son cercueil :
Le timide renard au combat ne s'auance,
Qu'il ne soit doublement muny pour sa défence ;
La force luy manquant, l'artifice est tout prest,
Il le faut imiter en ce funebre aprest ;
Un Roger fléchit tout sous sa guerriere dextre,
Ganes en cent façons s'en peut rendre le maitre :
S'il a par sa valeur mile viles conquis,

Par mon esprit subtil ie n'en ay moins aquis ;
I'ay des plus puissans Roys fait fremir la Courone,
Déployant le moindre art que nature me done :
Vn iugement rassis comblé d'inuention,
Fait plus que ces cerueaux remplis de passion ;
Par hazard quelquefois ils gagnent la victoire,
Mais deuant le conflit i'en possede la gloire ;

   C'est par trop atenter miserable Roger,
Vn François ne sçauroit soufrir d'vn étranger ;
C'est par trop entrepris, ie te feray paroitre,
Que c'est de s'adresser folement à son maitre :
Mais que tardé-ie plus d'acomplir ce dessein ?
Qui me fait ce rancœur croupir dedans le sein ?
Alcine au même sort participe, afrontée
Des éfets frauduleux de cette âme éfrontée,
N'afecte que sa mort, il la faut acoster,
Deux auis feront mieux l'afaire résulter.

SCENE II.

ALCINE , DAMOISELLE.

ALCINE.

Rinceſſe, où eſt ton cœur? où s'en-
    uole ta force?
Vis-tu ſujette encor à l'amoureuſe
    amorce?   (*celé*
Vn Roger à tes yeux ingratement
Tient il iuſqu'à preſent ton cœur enſorcelé?
Es-tu de ſentiment & de raiſon percluſe?
Veux-tu que derechef ce pariure t'abuſe?
Apres l'auoir chez toy vagabond retiré,
N'auoir que par ſon nom chétiue reſpiré,
En auoir fait ton Dieu, ton idole, ton âme,
Expoſé ton honeur à ſa lubrique flâme,
Te moquer, te trahir? ha! l'amour quoy qu'épris
Ne me peut empécher de punir ce mépris,

Mes charmes sans éset n'auroient plus de puissance,
Ie veux l'exterminer, & les siens de la France,
C'est peu d'œuure pour moy, cela vaut déja fait,
I'auray bien-tost réduit ma parole en éset;
Moy qui suis honorée aux prouinces Laruales,
Qui comande absoluë aux tourbes infernales,
Aux ministres d'Hecate, aux nocturnes démons,
Aux espris gardiens des minieres, des monts;
Ceux-là qui font errans aux enuirons du póle,
Quitent leurs regions à ma moindre parole;
Apelez, à ma voix acourent promtement,
Bref, tout l'Auerne tremble à mon comandement:
Du Ciel (quand il me plaist) ie fay pâlir la face,
Le feu (quand il me plaist) ie conuertis en glace,
Vn pentacle inseré sur la peau d'vn enfant,
Qu'auant son iour éclos va la mort étoufant,
Vn cercle diuisé, triple forme en figure,
Tous les secrets en vn de la science obscure,
D'vn Dardane les arts, le pouuoir d'vn Thebain,
Ce que les Chaldeans ont laissé de leur main;
Les Medes, les Indois, & les Mages de Perse;
Bref des Thessaliens la science diuerse,
Ne sont rien au respect d'vn pouuoir absolu,
Qui contraint les esprits lors que ie l'ay voulu;

Mon vueil est vn arest, mes plaisirs sõt les charmes,
Dont pour me secourir ie coniure les armes.

    O Roger, ie te plain, tu deuois trop content,
Aler entre mes bras ta ieunesse ébatant,
Ecouler de tes iours la course interrompuë,
Vers celle qui n'auoit rien plus cher que ta veuë,
Ie te préuoy chetif l'execrable butin,
Par ma voix resolu d'vn funebre destin;
Ta haine en mon endroit à mal pris sa racine,
Ce n'est pas peu de cas d'afronter vne Alcine,
Tu pouuois bien penser de raison dégarny,
Que tel forfait iamais ne moûroit impuny:
Ià des peuples glacez vne innombrable presse,
Et de ceux que Phœbus de ses rayons opresse,
A la mort resolus, par l'afront animez,
Pour tirer ma raison s'acheminent armez;
Ton Charles, son Paris, & toute sa sequelle
Me payeront le prix de ma iuste querelle;
Ie feray mes soldats par les airs écouler,
Come on voit au printemps vn aigle s'enuoler,
Emportant ses petits sur le fort de ses ailes,
Pour enleuer le lit des simples Colombeles,
Si que sans aparence inuestis vn matin,
Ils se verront des miens l'implacable butin,

Ils sçauront que,

DAMOISELLE.

Madame, vn Cheualier n'aguére,
Pour entrer en votre île a passé la riuiere.

ALCINE.

N'at-il de son pays point fait de mention?

DAMOISELLE.

Nous l'auons toutes crû François de nation
Quoy qu'il fût déguisé;

ALCINE.

hé! qui pouroit-il estre?

DAMOISELLE.

Il ne se veut qu'à vous seule faire conoître
Et semble à son discours qu'il brûle de vous voir.

ALCINE.

Quel qu'il soit, il n'importe, alons le receuoir.

SCENE III.

ROSEMONT, SON LIEVTENANT ET SES SOLDATS
arriuez deuant Paris.

ROSEMONT.

N fin fous la faueur du noctur-
     ne filence,
Nous fomes abordez iufqu'au cœur
     de la France ;   (en trois
     Qu'on départe l'armée égallement
Que l'on borde la Seyne, & ces autres détroits ;
Le gros de nos foldats marchant en ordonance,
Chacun à qui mieux mieux déploira fa vaillance ;
Mes amis c'eſt icy , c'eſt deuant ce Paris,
Que vos cœurs d'vn rancœur doiuét paroitre épris,
Vengez de vos parens les triſtes funerailles,
Pour le bien du pays enclos fous ces murailles ;
Reuiuez en leur cendre, & tâchez de remplir

Ce

Ce qu'vn siniſtre ſort empécha d'acomplir,
Ils ont été vaincus, non faute de courage,
Mais par vn gauche aſpect qui leur braſſa l'outrage.

LIEVTENANT.

Grand Prince, auant qu'aler voſtre camp expoſer
Au hazard d'vn aſſaut, faites-le repoſer,
Qu'on le campe pendant tout autour de la vile,
Autrement le regler eſt choſe diſicile,
Marcher en vn combat auec confuſion,
C'eſt de ſon propre ſang vouloir l'effuſion;
Mais s'eſtant rafraichy volontaire à la charge,
Chacun de ſon couroux librement ſe décharge,
Qui parauant de ſoif, & de faim haraſſé,
Voudroit quiter l'harnois dont il eſt endoſſé:
Il me ſemble au ſurplus; qu'il ſera bon qu'on ſome
Charles Roy des François de quiter ſon Royaume,
Et par quelqu'vn des tiens ſçauoir ſa volonté:
Vn deſſein precipit n'a iamais prouſité.

ROSEMONT.

Votre auis eſt le mien, ſus donc qu'on ſe diſpoſe;
Qu'auant le iour venu la vile ſoit encloſe,
Et qu'on n'aſſaille point, que le ſignal doné
Ne vous ait au butin la vile abandoné.

F

LA MORT
LIEVTENANT.

Et vous, gardez aussi que la ville auertie,
Du dessein entrepris, ne face vne sortie,
Sentinelle, par tout vous y aurez égard.
SOLDAT TVRC.
Il n'y aura Monsieur point faute de ma part.
ROSEMONT.
Entrons donc en la tente, afin de conseil prendre,
Lequel voudra pour nous l'Ambassade entreprédre.

SCENE IIII.

II. CITOYENS, CHARLES, ET OGER.

I. CITOYEN.

 *V x armes Citoyens, arme, armes acourez,*
Nos murs tout à l'entour de Turcs font entourez.

CHARLES.

Où courez vous enfans? quel bruit, quelle épouuéte?
Quelle frayeur subite en vos âmes se plante?

I. CITOYEN.

Nous somes assiegez du Turc plus que iamais,
Et n'auons qu'esperer ce croy-ie desormais,
On voit à milions venir cette canaille,
S'emparer des faux-bourgs, aprocher la muraille:
Vn tel nombre excessif épouuentable à voir,
Est deuant nos remparts, auisez d'y pouruoir.

F ij

CHARLES.

Prenez courage amis, c'est estre trop credule,
De penser que cét hydre en tant de chefs pulule:
Preuoyons toutefois au danger aparent,
Oposons vn obstacle au fort de ce torent;
Ces traitres ne m'ont point fait anoncer de guerre,
Ie les ay cependant au milieu de ma terre,
Enclos dans vne ville, abandoné des miens,
Je ne suis pas pourtant encore en leurs liens;
Vn Seigneur plus puissant qui nous tient sous son aile
Nous poura garentir des mains de l'infidelle:
Il chérit ses enfans, & prend d'eux au besoin,
Quand ils y pensent moins, & la charge & le soin;
Agramant sous nos murs à déja fait sa tombe,
Qui fera que ce camp aussi bien n'y sucombe?
Dieu est aussi puissant qu'il a iamais été,
Et son flambant couroux n'est pas moins apresté;
Auisons seulement d'éuiter la disette,
Purgeant de gens suspects la tourbe plus abiecte;
La famine en ce siege est plus à redouter,
L'infidelle autrement ne nous peut emporter.

OGER.

Sire, il seroit tres bon, craignant quelque surprise,
Qu'à défendre nos murs à present on auise,

Munir de bons soldats les endroits les moins forts,
Pour rompre le dessein de tous ceux de dehors,
Puis sortir dessur eux pendant qu'on les amuse;
,, Où la force ne peut, il faut vser de ruse.

CHARLES.

C'est tres-bien auisé, prenez-en le soucy,
Facile est le pouuoir sus vn peuple adoucy,
Faites tout pour le mieux, & qu'vn chacü s'apreste,
Pendant que ie m'en vay pour auiser au reste.

F iij.

ACTE SECOND.

GANES, ALCINE, OGER, CHARLES, SOLDAT, AMBASSADEVR DV TVRC, ET ROGER.

SCENE I.

GANES ET ALCINE.

GANES.

Vels moyens auons-nous pour le
  pouuoir ateindre?
Les hazards en tel cas sont grande-
  ment à craindre;
 Mais toy, par les vertus d'vn ma-
gique sçauoir,
Qui disposes de tout, au gré de ton vouloir,
Qui fais trembler la terre, & peux, si bon te semble,
Vn cahos démêler & mêler tout ensemble:

Déploye les secrets plus puissans de ton art,
Ie n'y puis qu'vn poison aporter de ma part,
S'il se peut autrement, assûre-toy Princesse,
Que promt executeur, ie tiendray ma promesse.

ALCINE.

Nous ne manquôs iamais d'armes pour nous vêger,
Et ne redoutons point de courir au danger,
D'vn milier de demons la cohorte ordinaire,
Est à me secourir toujours promte & legere;
Nul ne craint auec moy les dangers plus preignans,
Ils vont quand il me plaist leurs fureurs épargnans;
Se résoudre au poison, sa mort est incertaine,
Vn antidote pris le tirera de pêne,
Mais selon le projét en mon esprit resoût,
Rien que le seul trépas ne le peut rendre absoût.

GANES.

Hé! dites donc coment, ie brûle de vengeance
Et ne me puis tenir, toutesfois que i'y pense.

ALCINE.

En voicy le moyen, sans plus nous transporter,
Il me faut de Renaut la figure emprunter,
Et toy de Richardet la forme simulée;
Aussi-tost, parmy l'air des demons enleuée,
Toy seul m'acompagnant, où Roger tient sa Cour,

Nous pourons aifement luy faire vn mauuais tour:
Ainfi par le moyen des formes contrefaites,
Nous rendrons en vn tems nos volontez parfaites;
Ce qu'on ne peut auoir par force, où par raifon,
Il n'eft que trop permis d'vfer de trahifon.

GANES.

L'ocafion prefente, empoignons la fortune.

ALCINE.

Nous partirons au foir fans faute, fur la brune.

SCENE II.

OGER, CHARLES, VN SOLDAT, ET L'EMBASSADE DV TVRC.

O G E R.

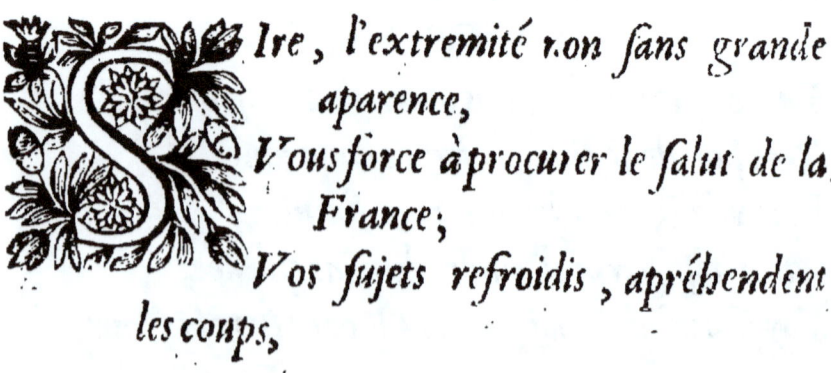

Ire, l'extremité non fans grande
　　aparence,
Vous force à procurer le falut de la
　　France;
Vos fujets refroidis, apréhendent
les coups,

Et redoutent craintifs le barbare couroux
Réclus en vne ville, assiegez de tant d'ho mes,
Delaissez d'vn chacun ainsi come nous somes;
Dénuez de soldats, en disette exposez,
Tant de tourments cruels à nous tous proposez,
Si fortune autrefois vous a montré sa face,
Son vouloir n'est toujours de pareille éficace;
Considerez sa rouë, & d'vn voile au trauers,
Ne sillez votre esprit en ses actes diuers ;
Préuoyez le futur, prestez l'oreille aux plaintes,
En la combustion de nos âmes ateintes,
D'vn milier d'inocens égorgez aux berceaux,
Tant de vierges en proye au fer, & aux tombeaux,
Tant de vieillards courbez, & de femmes enceintes,
Sous des fers onereux cruêlement étreintes :
En cuidant resister vous ne vous perdez pas,
Ains vn monde auec vous soufrira le trépas :
Acordez-vous plustost, auant que l'entreprise
Cruelle à nos dépens ait mauuaise fin prise ;
Sçachez pour quel sujet, à quelle fin il tend,
Quel droit en vos pays par la guerre il prétend,
Peut-estre il s'est armé pour vu faict friuole,
Qui se peut apaiser d'vne simple parole ;
Tentez la volonté de ces auides ours,

Prests à nous déuorer s'il ne vient du secours,
Temporiser en guerre, est sagesse bien grande,
Alors qu'vn ennemy plus puissant nous comande.

CHARLES.

Quel Dédale obscurcy m'emprisone les sens ?
Quel reflus de pensers en mon âme ie sens ;
Assiste-moy Seigneur, enségne-moy ta voye,
Et que de ton sentier iamais ie ne fouruoye ;
Tantost çà, tantost là, ie fléchis à tes vœux,
Mais las ! que pouuōs-nous bon Dieu si tu ne veux ?
Que puis-ie mettre à fin, miserable, & fragile,
Si ta faueur helas ! ne me sert d'vn azile ;
Je treuue mes amis ce conseil bien amer.

1. SOLDAT.

Ie croy que quelqu'vn vient, afin de nous sómer.

CHARLES.

Qu'on le face aprocher, nous verrōs en peu d'heure,
(l'Ambassade exposé) des voyes la meilleure.

L'AMBASSADE TVRC.

Perisse par Mahom, execrable, odieux,
Qui ne réuérera le pouuoir de nos Dieux ;
Ie te vien de la part du Roy de Sericane,
Qui maintient protecteur la loy Mahometane,
(Dont la puissance court, depuis le flot grondant

D'où Phœbus nous vient voir, où il se va perdant)
Somer à disposer tes suiets à la guerre,
Où vassal te résoudre à luy quiter ta terre,
Renoncer à ton Christ, embrasser notre foy,
Et viure cy-apres sous vne même loy ;
Que si vous n'acceptez la paction oferte,
Rebelles ne voulaut éuiter votre perte,
Vous sentirez combien le couroux alumé
De tant de legions, execute animé ;
Ny prieres, ny pleurs, sans égard de persone,
N'apaiseront l'éfort de leur rage felone,
A vn sac general, exposez sans mercy :
Auisez, voilà tout ce qui m'amêne icy.

CHARLES.

Le conseil en est pris, irréuocable en doute,
Plutost, plutost mourir, la chose en est resoute.
Celuy qui de son sang nos forfaits racheta,
Qui pour ses heritiers benin nous adopta ;
Qui purgea nos erreurs par le sacré batême,
Qui nous a déliurez par sa bonté suprême,
Et déjà conseruez de semblables malheurs,
Poura bien derechef rabatre vos fureurs :
Non, nõ, touiours la Croix dessur le frõt emprainte
Et iamais notre foy du fonds du cœur éteinte,

Tous, tous prests à mourir cét morts pour notre foy,
Ains que de notre Christ abandoner la loy;
Qu'on vienne à cét instant nous liurer la bataille,
Qu'à machiner sur nous, iour & nuit on trauaille,
Fermes en nos propos, prests à vous receuoir,
Montrerons à qui mieux déploira son pouuoir,

L'AMBASSADE.

Donques pour mon retour munissez-vous de force.

CHARLES.

Et chacun de vous tous de sa foy se renforce,
Le chemin est ouuert, que sert de consulter?
Où l'on se doit ranger il ne faut plus douter;
Quel chétif d'entre vous? quel auorton infâme,
Pour son Dieu, pour son Roy, ne voudroit vómir
Qu'el suiét factieux? quel partisan voudroit (l'âme?
Sans combatre à l'extrême abandoner mon droit?
Abandoner les miens, pour se sauuer la vie,
D'vn ennemy sur eux voir la rage assouuie;
Non, non, Chretiens mourons, soutenõs cét assaut,
Combatons sous ce chef qui nous conduit là haut;
Ne perdons point le cœur; cependant qu'on auance
Vn courier vers Aymon, l'auertir de l'vrgence,
Les siens ioints auec nous, du Ciel fauorisez,
J'espere en peu de temps voir leurs desseins brisez.

SCENE III.

ROGER ESTANT EN BVLGARIE, ALCINE ET GANES DEGVISEZ.

ROGER.

 N doute merueilleux par mes sens se pourmêne,
Qui ores d'vn penser, en vn autre me mêne ;
Soit qu'vn astre influant, ennemy de mon heur,
Me prédise à venir quelque étrange malheur ;
Où qu'vn certain respect qu'amour a sçeû dépeindre ;
D'vn accent exhalé me pronoque à le craindre ;
Jà six fois du Soleil la germaine, a remply
Ce rond de sa lumiere, en son cours acomply,
Que de ma Bradamante absent, nouuelle aucune,

Ne m'a rendu certain du fort de fa fortune ;
Plus la chofe eft aymée , & plus on a de peur,
Qu'vn defaftre ariué ne nous l'ofte pipeur,
Ofé-ie conceuoir qu'vn riual diuertiffe   (niffe;
L'amour qu'elle me porte , & noftre couche hon-
Ariere ce foupçon , fa celefte beauté,
Ne fut iamais encline à la déloyauté :
Qu'elle m'ût delaiffée ; ha ! l'épreuue paffée,
Me doit auoir du cœur cette crainte éfacée ;
Tant de braues guerriers de fes traits enflâmez,
Et tant de mes riuaux l'vn contre l'autre armez;
Tant de fang épandu pour aquerir fa grace,
Sans qu'autre que Roger y ait pû prendre place.

   O Roger que dis-tu, qui te meut infolent,
De douter qu'elle alât ton amour violant ?
Combien helas ! combien, bel œil ; ie vous ofence;
Que i'vfe bien vers vous d'ingrate recompenfe ;
O profane, ô ingrat, de toy-même ennemy,
Tu te montres atcint du forfait à demy :
Madame, pardonez, fi ma flâme inégale,
Héfite à la fplendeur de la votre Royale;
Pardonez-moy ce doute, & n'inferez pourtant;
Que ce foit vn rancœur qui me vienne abatant,
C'eft l'amour ma deeffe, acompagné de crainte;

Qui se coule en mes os, dont mon âme est ateinte:
Mais quelque infirmité malade te détient,
Où quelqu'autre malheur tes nouuelles retient,
Détournez- en bon Dieu le soucy qui me gêne;
Mais qui sont ces guerriers sortans de cette plaine,
O fauorable auspice , assuré , ie connois
A l'armure, à leur port, que ce sont des François,
C'est Renaut, & Richard, ô Ciel qui vous amêne,
Fauorisez du sort, pour me tirer de pêne?
Mes freres, quel dessein vous conduit en ces lieux?

ALCINE souz la forme de Renaut.

Exprès pour vous tirer d'vn ennuy soucieux,
De votre Bradamante aportant la nouuelle.

ROGER.

Dépêche vîtement Renaut, ne me le cele,
S'est-elle bien portée? hé! fais-le moy sçauoir.

GANES souz la forme de Richard.

Tout le soucy qu'elle a n'est que de vous reuoir.

ROGER.

Et Marphise?

ALCINE.

Elle vous tache de negligence,
De n'auoir rien écrit du depuis votre absence.

LA MORT

ROGER.

Et le bon pere Aymon?

ALCINE.

Que pouuoit. il songer?
Sans luy récrire vn mot se voyant negliger?
Il n'a point de repos , & ne cesse à toute heure,
De craindre qu'è ces bords le sort ne vous malheure,
Qu'acablé sous le faix de ce bandeau Royal,
Vous celiez la rancœur d'vn sujét deloyal,
Où d'vn poison suspect, où d'vn tombeau la proye ,
Fleau, dont le destin les Monarques guerroye ;
Tant qu'expres il nous a mandez par deuers vous,
Pour ôter le soupçon qui les aflige tous.

ROGER.

O raport desiré , à mes maux secourable,
He ! de combien l'aspect du (iel m'est fauorable ;
O bon heur, ô bon-heur dez long-temps desiré,
Que tu m'as d'vn enfer penible retiré,
Mais alons au Palais mes freres ie vous prie,
Et en ioye changeons toute la fâcherie.

Acte

ACTE TROISIEME.

ROSEMONT, SON LIEVTENANT,
ET SES SOLDATS, LA SENTINELLE
DE PARIS, OGER, CHARLES,
SON CONSEIL, ALCINE,
ET GANES.

SCENE I.

ROSEMONT ET LES SIENS.

ROSEMONT.

Es traitres, ces mutins se veulent
    rebeller,
Au fort de la tempeste ils ne veu-
    lent caler,
Présument de me vaincre, & mé
    chasser timide,
Et passer mes soldats sous leur glaiue homicide;

G

Se fient en leur Dieu, leur Dieu qui ne pouroit,
Se sauuer de mes mains, quand même il le voudroit:
Qu'il se vienne ranger auec eux en bataille,
Empêche mes beliers de briser leur muraille;
Où si plus courageux il se veut presenter
Teste à teste en champ clos, ie l'iray surmonter,
Que dy je surmonter? ie le tiens sans combatre,
Quoy qu'il voulût sur nous sa puissance debatre;
Où sont ses étendars? où tant de legions?
Tant de peuples conquis ez quatre regions?
Où bruyent ses valeurs, & ses braues faits d'armes?
Où s'est-il fuit parêtre aux sanglantes alarmes?
Rosemont vole en l'air par la voix du comun,
Mais ce Dieu ne paroît (au moins s'il en est vn)
Où s'il est, il se cache au centre de la terre,
Redoutant ma fureur, ma foudre, & mon tonerre:
Qu'il se retire en terre, où au Ciel, plein d'esroy,
N'importe, car de l'vn & l'autre ie suis Roy:
Ie l'auray ie l'auray, sous ma puissante dextre,
De ce peuple mutin ie chatîray le maitre;
Courage donc soldats, courage mes amis,
Icy de vos labeurs le loyer est remis;
La bréche vous presente vn chemin accessible,
Où votre victoire est aparente, & visible,

Race illustre de Mars, ne dégénerez point,
Faites reluire en vous ses vertus de tout point ;
Montez à cet assaut, & d'vn braue courage,
Fondez sur l'ennemy come vn subit orage ;
Saisissez leurs remparts, diligens à doner,
Forçant ceux de dedans de tout abandoner :
En ce premier assaut on voit come en balance
La perte de nostre ost, où la perte de France ;
Paris estant à nous, il ne faut plus douter,
Qu'au reste du pays rien puisse resister ;
Qui voudroit épeuré retourner en arriere ?
D'vn fait si glorieux n'afranchir la barriere ?
Qui l'auroit fait, i ateste, il n'en sera besoin,
Ie croy qu'au lieu de fuir, vous en estes bien loin,
Ie n'en voy point de vous que poinçonez d'enuie,
D'emporter cette place, ou d'y perdre la vie :
Mais pour preuoir à tout nos chefs départiront,
L'ost en trois bataillons, sans doute ils sortiront,
Nous pensant préuenir, qu'eux mêmes on préuiene ;
Le dessein n'est que bon encore qu'il n'auiene ;
Donques ne tardez plus, ô valeureux guerriers,
Vous voyez le terroir où croissent les lauriers.

LIEVTENANT.

Alons mes compagnons, alons d'vne vitesse ;

G ij

Come vn foudre é'ancé détruire cette preſſe.

SENTINELLE DE PARIS.

Al'arme, l'ennemy ſé prépare à l'aſſaut.

Icy ſe donne l'aſſaut.

LIEVTENANT.

Entrons, entrons amis, auançons d'vn plein ſaut.

OGER.

Sortons, ſortons deſſus, n'atendons qu'on nous force,
O valeureux ſoldats, chacun de vous s'éforce,
Courage mes amis, de vigueur repouſſons
Dec tygre la rage & ſa pointe émouſſons,
N'atendons ſa fureur, préuenons l'auantgarde,
Qui nous vient emporter, ſi le Ciel ne nous garde.

LIEVTENANT.

Ils nous tournent le dos, ils ont perdu l'efort,
Tuez, tuez chargez, que tout ſoit mis à mort,
Qu'on n'en epargne aucun, metez tout à l'épée,
C'en eſt fait autant vaut, la place eſt ocupée.
Les vaincus ſon contraints de gagner leurs réparts,
Epouuentez de voir tant de cors morts épars;
Le comancer n'eſt rien, ſi la fin ne courone
L'ouurier, du labeur qui ſa péne guerdone;
Ne perdons plus de tems inutile à ſonger,
La victoire eſt vn heur qui la ſçait ménager.

Il *sufit pour ce iour, alons reprendre halene,*
Qu'on se range chacun dessous son Capitaine;
Afin que rafraichis à ce Soleil leuant,
Vn labeur comencé nous alons poursuiuant.

SCENE II.

CHARLES, ET L'ARCHEVESQVE TVRPIN.

CHARLES.

 *Ciel impitoyable! ô destin redouta-*
ble!
O chetif, ô chetif! ô Prince misera-
ble!
En quoy t'ay-ie irité, que tu m'affli-
ges tant ?

Que ton couroux me vient si cruel abatant?
De Monarque puissant, ie ne suis plus qu'esclaue
D'vn infidelle Turc, qui sous ses fers m'entraue;
Ta sainte foy s'écoule au cercueil peu à peu,
Et tes temples sacrez se vont réduire en feu;
De tes chers nouriçons la meilleure partie,

Est déja par sa main sous la tombe engloutië ;
La fleur de nostre France est perie a demy,
Et l'autre est dans les mains d'vn mortel ennemy:
O Seigneur tout-puissant voudrois-tu biē permettre,
Que ce monstre d'erreur fût dessur nous le maitre ?
Nos péchez sont-i's tant en execration,
Qu'ils ne puissent gauchir cette punition ?
Que nous voyons par tout regner l'idolatrie,
Dans le terroir sacre de ta sainte patrie ?
Et qu'au lieu de ton nom de tout tems reueré,
Mahom, & Tarnagant on y voye adoré?
Bon Dieu! ie suis confus ; vne crainte me domte,
Que ton vueil absolu notre peur ne surmonte,
Que ta foy transportée, ainsi come iadis,
Lors que pour leurs péchez sept citez tu maudis,
Tu nous vueilles confondre, & punir trop seuere,
Ne t'ayant come enfants reconu pour leur pere;
Que ne suis-ie déia dans la biere étendu,
Pour ne voir ce désastre à toute heure atendu ;
Que ne meurs je ,premier que cette pauure vile,
Tombe dessous le ioug de ce tyran seruile.

L'ARCH. TVRPIN.

Coment, Sire ; est-ce là ce rocher de vertu,
Qui d'aucun désespoir ne fut onc abatu?

Où s'égarent vos sens? où sont-ils residence?
Qui coule en votre cœur cete foible assûrance?
C'est bien loin d'enhardir vos sujets au besoin,
Bien loin de prendre d'eux, & la charge, & le soin,
De les encourager de reprendre leurs forces,
De rafermir leur cœur d'une exemplaire amorce,
Parêtre valeureux, le premier resolu,
Comander à chacun d'un pouuoir absolu;
Sire, vous fléchissez, vous détournez la teste,
Désesperant d'un bien que le ciel vous apreste;
Ha! Sire, rapelez ce courage indomté,
Qu'à votre honeur ne soit tel afront imputé;
Qu'un reproche éternel n'ofusque votre gloire,
D'auoir lâche quité le prix d'une victoire.

CHARLES.

Quel espoir de salut? quel espoir de domter?
Qui croira que le Turc ne puisse surmonter?
Qu'au sac de cette ville il n'emporte la France?
De vaincre il est aise ne trouuant resistance;
Pour moy, ie ne voy plus d'aparence à l'éfort,
Que d'impetrer du ciel un salubre confort,
Le prier, qu'il luy plaise oublier notre ofence,
Et pour nous garantir qu'un tonerre il élance;
Ainsi que l'on a veu pres des murs de Sion,

Deliurant les Hebreux d'vne combustion.

L'ARCH. TVRPIN.

Il est bon d'implorer la puissance suprême,
Mais en l'extremité on doit s'ayder soy-même,
Les vœux sont inutils, les pleurs n'ont point de lieu,
Il se faut éforcer ioints au vouloir de Dieu;
Alons donc mes amis, tout le monde s'assemble,
Pour d'vne même voix le prier tous ensemble;
Et puis nous disposer patiens à soufrir,
Tout ce qu'il luy plaira de sa main nous ofrir.

CHARLES.

Alons y de ce pas, & d'humble reuerence,
Autant petits que grands requerir sa clemence.

SCENE III.

ALCINE SOVS LA FORME DE RENAVT, ET GANES SOVS CELLE DE RICHARD, SORTANS DV PALAIS DE ROGER.

ALCINE.

 *Grands Dieux que d'atraits
que de perfections,
Que d'apas, que d'amours rem-
plis de passions,
Que de diuinitez, en vn cors
tout ensemble,
Ce n'est point vn mortel, mais vn Dieu ce me semble.
O bel œil, foudre ardant, lumiere de l'amour,
Qui relances dans moy la clairté d'vn beau iour;
Que vos traits sont lâchez d'vne grande vitesse,
Pour influer en moy les feux d'vne ieunesse:
O heureuse! ô heureuse Alcine à cette fois,*

De refléchir encor fous tes diuines loix ;
Que de contentement, quand ie me rememore,
Les plaifirs ià paffez où ie retombe encoré,
Que de contentement, de dire i'us l'honeur
De combatre en champ clos vn fi braue Seigneur,
De dire flanc à flanc enclos en la bariere,
Ie luy ay fait quiter l'amoureufe cariere ;
Que de ioye? que d'heur? bon Dieu ! que de foulas,
Quand fur l'émail des fleurs acolez bras à bras,
Ie contemploy rauie en cette douce atteinte,
La beauté de ce cors où mon âme eftoit tainte ;
Qu'à loifir ie lifois en fon front, de combien,
I'étois heureufe alors iouïffant d'un tel bien ;
De pouuoir librement au corail de fa bouche,
Doner quand ie voulois vne agreable touche ;
Me pâmer fur fes yeux, qui chaffoient mes efpris
D'vn extafe d'amour diuinement épris.

    Mais que dy-ie & que fay je impiteufe bourelle.
Ie luy vien machiner fa ruine mortelle,
Je vien fous vn habit déguifé, luy braffer
Vne mort affûrée, en mes retz l'enlacer,
Ayant par le moyen de mes magiques charmes,
Sous vn poifon infect affujety fes armes,
Leur dureté diffout ainfi que le drapeau,

Que l'on a veu croupir dix ans au fonds de l'eau ;
Et pensant s'en aider en la presse ennemie,
Il sera le butin de la parque blemie :
Quoy donc ? ie permettray cruelle, qu'vn tombeau,
Me priue pour iamais de ce pourtrait si beau ?
Ie verray mon Roger vne poudreuse cendre
Ie sçauray son trépas sans le luy faire entendre ?
Moy, qui ne vis qu'en luy, qui le desire tant,
Aux passions d'vn traitre iray-ie consentant ?
Non, ie veux l'auertir, il faut que ie declare
Perfide, à mon Roger ta trahison barbare,
Traitre inuenteur de fraude : helas ! ie ne sçaurois,
Le voyant derechef mon mal ie ra'grirois,
Ie ne pourois couurir cette ardente fournaise,
Que quelque mécheron ne sortît de sa braise :
Ainsi faudra qu'il meure, ainsi pauurette, ainsi,
Je conduis mes amours au sepulchre noircy,
Par son trépas sera ma promesse acomplie,
Qui d'vn serment étroit à ce traitre me lie :
Adieu donc mon Roger, ie ne te verray plus,
Sinon priué de vie au sepulchre reclus ;
Je ne te verray plus qu'étendu dans la biere,
Et désormais sur moy ne luira ta lumiere ;
Mais sçaches que ton Gane, ha ! le voicy venir,

A pêne de l'occire or me puis ie abstenir.

GANES EN RICHARD.

Que retardons nous plus ? les armes sont remises,
Au ieu, fort à propos où nous les auions prises ;
On ne peut que de l'heure vne perte gaigner ;
Reste à prendre congé, puis le lieu designer,
Où conduit d'vn courier pour le mener au siege,
Nous ayons le moyen de l'atraper au piege ;
Pour du Roy contrefaire & le seel, & le sein,
Ie rendray tout parfait selon notre dessin :
Alons donc le trouuer, pour mieux conurir la ruse,
Prenant congé de luy sous quelque honeste excuse.

ACTE QVATRIEME.

BRADAMANTE, AYMON, COVRIER,
CHARLES, L'ESPION, OGER,
ROSEMONT, SENTINELLE,
SOLDATS TVRCS.

SCENE I.

BRADAMANTE ESTANT A
MONTAVBAN AVEC AYMON,
ET LE COVRIER.

BRADAMANTE.

Seiour casanier, déplaisant, ennuyeux,
Inusité repos, de ma gloire envieux,
Que fait icy Bradamante en delices nuyée?

Qu'en quelque bei exploit ne te tient employée?

Toy, que Mars a nourie aux coups dez le berceau;

Qui te dona la lance en main pour vn fuseau,

Et fit courber ton front sous le faix des victoires

Tes faits cheualeureux, tes vaillances notoires;

Firent place aux plaisirs, dont les moles citez,

Nous chatouillent tes sens par mi ce vanitez:

On ne te prendroit plus pour cette Bradamante,

Qui plantoit dans le sein des plus fiers l'épouuente,

Tes bras semblent de laine, & qu'vn courage mol,

De tes exploits passez veuille abaisser le vol;

Mais, ce n'est pas ce mal qui pour l'heure m'ofence,

C'est de toy mon Roger l'insuportable absence;

Semblable à vne fleur qui ne voit le Soleil,

Elancer en son sein les rayons de son œil;

Ie ne me plains à tort, quelque dame plus belle,

Tes larcins amoureux entre ses bras recelle;

Ie sçauray si elle est sufisante à loger,

Tant de perfections qu'acompagnent Roger;

Ie sçauray si son bras à bien autant de force,

Que son œil pestifere à d'adultere amorce;

Oüy, oüy, ie la sçauray ranger à la raison,

Ie luy feray vômir son amoureux poison;

Fût-elle d'vn heros, où la sœur, où la mere,

Je l'iray resoluë afronter la premiere ;
Coment ? de le souffrir, ô Dieu puis ie penser
Qu'il voulut mon amour ainsi recompenser ?
Qu'en vn cörs si parfait, en vne ame si belle,
Se logeât vne humeur inconstante, infidelle ?
Son amour succombast dez le premier obiect ?
auouë que i'ay tort de te tenir suspect ;
Pardonne-moy mon âme, he ! Dieu ! ie ne le pense,
Cette doute iamais ne me rendra suspense ;
Retourne mon Soleil, tu verras preparer
Ta Bradamante, afin de le reparer.
Ce n'étoit qu'vne peur qui me tenoit saisie,
Vne amour toutefois n'est pas sans ialousie ;
Mais qui est celuy-cy qui pâlissant d'éfroy
S'achemine vers nous, c'est de la part du Roy.

COVRIER DE CHARLES.

Ce seroit abuser, & du tems, & de l'heure,
Si ie vous racontois l'éfet qui nous malheure ;
Madame, receuez ce paquet, de la part
De Charle, à qui le ciel toutes rigueurs départ.

BRADAMANTE.

Bon Dieu ! mon grand amy, que pouroit ce biē estre ?

LE COVRIER.

L'ayant lû, vous pourez aisément le conoitre.

LA MORT

BRADAMANTE
ayant lû le paquet.

Paris est assiegé, & au Turc autant vaut,
S'il n'a gens sufisans pour soutenir l'assaut;
Les Chretiens sont perdus, dépéchons, courons vîte
En auertir le Duc; il sort à l'improuiste,
Voyez ce que le Roy Monsieur vous a n audé,
Et que dans ce paquet il nous a comandé.

AYMON.

Que ie voye que c'est, il ne faut rien obmettre;
Obeissant au Roy, come estant notre maitre;

AYMON ayant lû le paquet.

Coment? que Paris soit des Payens assiegé?
Le Roy dans son enclos de si pres soit rangé,
Que la plus grande part des Chretiens soit perduë?
Arme, armes, mes amis, que chacun s'éuertuë,
Acourons, acourons, défendre cét assaut,
Qu'on m'apelle Richard, qu'on m'apelle Renaut;
Aportez mon pauois, aportez-moy ma lance,
Mon cheual de combat, tous, tous, en diligence;
Cordieu ce n'est pas fait, il faut recomencer,
Alons, dépéchons-nous, alons les enfoncer.

SCENE II.

SCENE II.

CHARLES, L'ESPION, ET. OGER.

CHARLES.

Oicy l'heure Chretiens , voicy l'heure venuë,
Qu'il faut, que l'ennemy sa fureur diminuë;
Qu'oposant nos éforts à ses rogues desseins,
Nous découurions l'ardeur qui couue dans nos seins ;
Que s'il reste en vos cœurs tant soit peu de courage,
Il le faut déployer en ce dernier orage,
Empécher l'ennemy de passer plus auant;
De plus en plus la gloire au combat poursuiuant,
Leur montrer qu'il n'est pas tems qu'ils se glorifient,
Et que présomptueux sur leurs force ils se fient ;

H

Que s'affûrer au nombre eſt vn heur incertain,
Et fonder ſon eſpoir ſur vn ombrage vain;
François abatardis, vile & coüarde engeance,
Voudriez-vous des ayeux démentir la vaillance,
Par tant d'exploits guerriers, de gloire reuétus?
Feriez vous bien ce tort à leurs rares vertus?
Ha! Chretiens, ha! Chretiens, la mort n'eſt point à
Quãd on peut aſſurez vne victoire ateindre; (craidre
Ainſy vous ne pouuez tomber en ce conflit,
Ainſi votre bon-heur aparemment ſe lit,
Ainſi votre valeur à la race future,
S'immmortal ſera malgre la ſepulture;
Courage compagnons, courage mes enfans,
Soyons des ennemis à ce iour triomphans;
Repouſſons cét aſſaut, repouſſons cette foule,
Que leur ſang épuiſe dans nos foſſez decoule,
Et fruſtrez du loyer qu'ils auoient atendu,
Qu'ils voyent leurs deſſeins & leur trauail perdu;
Ne vous épouuentez d'vne tourbe innombrable,
Le Ciel mes bons amis nous ſera fauorable,
Eſperez en ſa grace, adreſſez-luy vos cœurs,
Deſſur vos ennemis il vous rendra vaincœurs:
Montrez votre courage en la charge prochaine,
De combatre honorez ſous vn tel Capitaine:

Mais voicy l'espion de la ville sorty.

L'ESPION.

Sire, le camp des Turcs en trois est départy,
Chaque chef courageux exhorte ses gendarmes,
De montrer contre nous la valeur de leurs armes,
D'vn assaut general nous venant inuestir.

CHARLES.

Il pense de plein saut nous pouuoir engloutir,
Qu'il soit aisé de mettre vn Paris tout en cendre;
Plus vite qu'il n'y vient on le fera décendre;
Ie croy qu'vn tel morceau par vn simple repas,
Dur à leur estomac ne se digere pas;
Il compte sans son hoste; orsus qu'à leur venuë,
De ses dars élancez vn chacun les saluë,
Rangez ces gabions tout autour des remparts,
Qu'artifices, que feux tombent de toutes parts,
Que les lieux mieux flanquez à l'hostile auenuë,
De nombre suffisant d'hommes on ne dénuë,
Ces poutres, ce feu Grec, ces grenades, ces pots,
Tout en vn même tems soient ietez à propos;
Pendant il faut garder quelques gens de remarque,
Si vn lieu plus que l'autre en même heure on ataque,
Alons donc y pouruoir, & aux dificultez,
Qui peuuent arriuer en ces necessitez.

H ij

OGER.

Sire, c'est tres-bien dit onc ques la repentance,
Ne vient d'aucun exploit fait auec préuoyance.

SCENE III.

ROSEMONT, ET SON ARMEE, SENTINELLE, OGER, CHARLES, ET SES GENS, SOLDAT TVRC.

ROSEMONT.

L'assaut, à l'assaut, compagnons
auancez,
Et confus en vos rangs l'ordre ne
deuancez;
Pour suiuez votre pointe, & vail-
lans qu'on assaille,
Sans tarder plus long tems tout autour la muraille;
Qu'on n'épargne industrie, artifice, instrument,
Qu'il nous puisse seruir en tel éuenement :
Suiuez-moy, le premier ie franchiray la brêche,

Valeur, qui les soldats en vn combat alleche;
Valeur, qui dans vos cœurs doit influer l'ardeur,
De vaincre, où de mourir en ce beau chãp d'honeur,
Parétre à qui mieux mieux deuant son Capitaine,
Sans craindre plus que luy l'efet d'vne mort vaine;
Que l'exemple vous meuue, ô Thraces valureux;
Naist-il en vos pays des courages peureux,
D'où le Dieu des étours à sa naissance prise?
Grand de cœur, de courage, autant que d'entreprise?
Non, ie ne le présume, & d'ailleurs le desir
De venger vos parens, que vous sçauez gesir,
Pour le bien du pays sous ces murs execrables,
Et de sang & de feu iustement expiables,
Qui crient au tombeau vengeance de leur mort,
Vous force de bien faire en ce dernier efort.
Alons donc étancher cette playe qui saigne,
Et que pas vn de vous ne quite son enseigne;
Ataquons brusquément, il est tems desormais,
C'est icy qu'il se faut montrer homme, ou iamais.

    Ils se preparent à l'assaut.
        SENTINELLE.
Arme, arme, l'ennemy dans les fossez se glisse.
            CHARLES.
Courage, qu'vn chacun de valeur se munisse,

                        H iij

Repouſſons, repouſſons, ſoutenons cét aſſaut,

Ils ſe battent.

L'ennemy prend la fuite, & ià le cœur luy faut,
Sa violence vaine a fort peu de durée,
Et ſans doute le Ciel à leur perte iurée.

Ils chaſſent les Turcs.

OGER.

Sire, permettez-moy que ie ſorte ſur eux.

CHARLES.

Ne vous précipitez en ce gouſre hazardeux,
Voyez-les reuenir, ſus vite qu'on s'apreſte,
De charger deſſur eux, & de leur tenir teſte.

ROSEMONT.

Ha! timides poltrons, vous fuyez pleins d'éfroy,
Et n'aſſiſtez coüars au beſoin votre Roy;
Retournez à l'aſſaut, reprenez cœur, canaille,
Et de plus grand éfort ataquez la muraille,
Redreſſez l'eſcalade, aprez, ſus, auancez,
Et plus fort que deuant le choc recomencez.

Là les Turcs reuiennent à l'aſſaut.

CHARLES.

Tu veux donc non content de la premiere ateinte,
Ramener ces coüards au combat par contrainte;
Sus auant, ſus ſoldats, tuez, tuez, tuez,

Sans épargner aucun & vous éuertuez.

Icy l'étour se recomence, & les Tures
sont repoussez.

SOLDAT TVRC.

Fuyons, il n'y a plus d'aparence à combatre,
Voyant nos compagnons si rudement abatre.

Icy Charles sort, & les meine battant
iusques dans la tranchée.

CHARLES.

Ils fuyent derechef, auant, auant, sortons,
Et sur ces mécreans la victoire emportons;
Ils se sont retirez craintifs en leur tranchée,
Sans doute la balance est à demy panchée,
Notre heur ressuscité du tombeau nous paroist;
Leur peur autant qu'à nous le courage s'acroist,
Rentrons-donc dans la ville, & que le Ciel on louë,
De ce que maintenant pour siens il nous auouë.

H　iiij

ACTE CINQVIEME.

GANES, ROSEMONT ROY DES
TVRCS, SON LIEVTENANT,
SOLDAT TVRC, ROGER,
COVRIER DE GANES,
CHARLES, L'ESPION,
ET ALCINE.

SCENE I.
GANES SEVL.

N fin traitre *Roger*, ta mort eſt
aſſûrée,
Auant que le Soleil tombe en
l'onde azurée,
Que ce fer bornera tes deſſeins
factieux,
Et nous vendra purgez de tels ambitieux ;

Qu'exemple aux étrangers tels que toy dãs la Frãce,
Ils retiendront la bride à leur outrecuidance,
Qui ialoux sur autruy de l'honeu: & du bien,
Auront peur d'eprouuer vn tel sort que le tien;
Ces dragons, ces serpens, ces âmes corompuës,
Qui de meurtre, & de sang se sont toujou's repeuës,
Voilez d'vn beau pretexte, & d'vn cœur simulé,
Cent hydres de malheurs au monde ont pululé;
Ce son' eux, qui nous ont causé tant de desastres,
Ce sont eux, dont les Roys se rendent idolâtres,
Qui leur prestent l'oreille, & ont deuant leurs yeux,
A chaque pas qu'ils font ces spectres odieux:
Mais leur fard découuert biẽ souuẽt ces Monarques,
En portent sur le front de trop sensibles marques:
Il faut à cét éfet en purger l'Vniuers,
Qu'ils ont trop ofencé de leurs actes peruers,
Il faut à tout iamais en perdre la mémoire,
Enuoyer leurs esprits dans le cocyte boire,
Il le faut, il le faut, & qu'au tombeau reclus,
Leur nom s'éuanoüisse, & qu'on n'en parle plus;
Ha! qu'impatiemment ie t'atens temeraire,
Pour doner à ta pêne vn condigne salaire,
Que ce fer enfoncé dans ton perfide flanc,
Face place à ton ame aux despens de ton sang:

Cependant compagnons tenez l'embûche preste,
Et qu'à charger sur luy diligens on s'apreste;
Qu'on ne l'épargne point, iusqu'à tant que du cors,
L'esprit soit enuoyé dans la plaine des morts,
Le courier diligent à souhait nous l'amène,
Et du boys on le peut découurir par la plaine,
C'est par necessité qu'il doit passer icy,
Retirons-nous pendant en ce fort obscurcy.

SCENE II.

ROGER, ET LE COVRIE!
DE GANES, PORTEVR DV
PAQVET CONTREFAIT.

ROGER.

Lons sans plus tarder, sus Rog
qui on s'auance,
Combatons, combatons pour n
tre deliurance;
Alons montrer au Turc que sa
temerité,

Nous pouuons guerdoner d'vn trépas merité:
Mais amy mène-moy par la plus courte voye
Qui conduit à Paris, que ie ne me fouruoye.

COVRIER.

Nous ne pouuons manquer, nous fomes au chemin.

GANES

Areste, tes labeurs en ce lieu prendront fin,
Voicy, voicy Roger la borne du voyage.

ROGER.

Quel brigand? quel voleur m'aguette à ce passage?

GANES.

Roger il faut mourir, rien ne sert ton éfort.

ROGER.

Traitres vous mentirez je vengeray ma mort,
Le plus hardy de vous m'aborde à la malheure.

GANES

Sus auant compagnons, chargez-le sans demeure,
Ne redoutez son fer, la défence en est hors.

ROGER.

O Cieux! vn coup mortel me trauerse le cors,
Boureaux acheuez-moy, ne tardez dauantage,
D'assouuir sur mon cors l'éfort de votre rage,
M'auois-tu si longtems gardé ce maltalent,
Et coué malheureux ce poison violent?

LA MORT

Ce rancœur veneneux en ta poitrine infame:
Sois content désormais, re ni en veux rendre l'âme.

GANES.

C'est fait, voilà son cors insensible endormy,
Me voila dépestré d'un mortel ennemy,
Qu'on le laisse en ces lieux privé de sepulture,
Aux corbeaux & aux loups qu'il serue de pâture,
Pendant retirons nous, que le cas exeuté,
Ne nous puisse aporter quelque incomodité.

Bataille où le Turc est défait.

SCENE III.

ROSEMONT ET SES GENS, SON LIEVTENANT, SOLDAT TVRC.

ROSEMONT.

Malheur des destins, engeance
casaniere,
Race indigne de Mars, vous
reculez ariere?
Vous tournez bride aux coups,
votre nombre excessif,
Abandone les murs, inhabile, & craintif,
L'élite de nos gens au combat est périe,
Et les plus vils se sont sauuez de la furie.
Tous nos chefs sont occis, & ne reste sinon,
Ceux qui n'ont ny valeur, ny force, ny renom;

Alez ores, alez vanter votre victoire,
Aiez dans le pays étaler votre gloire;
Alez lâches, alez pour y lever le front,
Vous n'en remporterez qu'vn vergogneux afront;
A cette heure agité de fureur, & de rage,
Ie mettrois volontiers tout le reste au carnage.

LIEVTENANT.

Sire, qu'y feriez vous? on ne peut des destins,
(Quoy qu'on face) euiter les éfets clandestins;
Les lauriers sont douteux, & fortune en sa roüe,
Ainsi come il luy plaist, des victoires se ioüe.
On nous a repoussez, non faute de valeur;
Ains pour auoir esté poursuiuis du malheur,
Mais quel bruit de tabours? quelle émeute alumée?

Icy se fait vn cliquetis d'armes derriere le theatre.

SOLDAT TVRC.

Sire, les Alemans détruisent votre armée,
Vn grand flot de secours rauage tout nostre ost,
Vous estes en danger si vous n'esquiuez tost,
Tout est mis en déroute, auisez donc de prendre
Vn lieu, pour loin du choc en seureté vous rendre.

ROSEMONT.

O malheurs redoublez, absentons ce pays,

Puisque de tous les Dieux nos desseins sont trahis.

Icy les Turcs leuent le siege de deuant
Paris.

SCENE IV.

LE ROY CHARLES, ET L'ESPION.

CHARLES.

Ve les Turcs mis en route abando-
             nent le siege,
Que les Germains venus des enui-
    rons du Liege,   (*malheureux?*
Nous ayent garanty de leurs ceps
O fauorable Ciel, ô iour cent fois heureux.

L'ESPION.

Sire, montez aux tours, vous verrez leur armée,
Dessur ces mécreans viuement animée,
En éclaircir les rangs, ainsi comme en Esté,
Nous voyons des moissons où la foudre a été;
Si que leur Roy fuitif éguilloné de crainte,
S'est à pêne sauué du fort de cette ateinte:
On n'entendoit que cris, & ne nomer sinon
Parmy ces Alemans les braues fils d'Aymon;
Bref, Sire (croyez-moy) la ville est garantie,

Et ce camp innombrable a quité la partie.

CHARLES.

Architecte du monde, admirable, & puissant,
Pour te glorifier, où prendray-ie vn accent,
Vne voix sufisante ? afin que ie reuere,
Ton sainct nom glorieux iusqu'à l'age derniere ?
Quel discours ourdira ma langue à cet éfet ?
Tout sage, tout-puissant, tout bon, & tout parfait,
Quelles graces bon Dieu, quelles digne loüange,
Te rendrõs nous pecheurs faits de boüe, & de fãge ?
Indignes de cét heur, indignes de ce bien,
Indignes qu'en nos maux tu nous prêtes la main;
Donques ô Dieu des Dieux, influë nous ta grace,
Et que ton nom graué dans nos cœurs ne s'éface;
Que nous te conoissions, & chantions à iamais,
Le celeste pouuoir de tes merueilleux faits.

SCENE V.

SCENE V.
& derniere.

ALCINE SVR LE CORPS
DE ROGER.

On Roger tu n'es plus , ta belle
　　ame rauie,
Me priue à son depart de tout
　　l'heur de ma vie,
Ces beaux yeux sont ternis, où
mile Cupidons,
Pour brûler les mortels alumoient leurs brandons;
Et de ce teint vermeil les agreables roses,
Dans vn hyuer glacé se sont toutes rencloses.
　　O mort, indigne mort, bourelle des humains,
Deuois-tu sur son cors ieter tes fieres mains ?
Cors vrayment tout parfait, où le Dieu d'Jdalie,
Ayant quité l'Olympe, aux graces se ralie;

　　　　　　　　　　　I

LA MORT

Azile de beauté, vray refuge d'amour,
Jadis de mes desirs le fanal, & le iour,
L'adresse de mes vœux, ma douceur, mon idole,
Ha! ce ressouuenir me coupe la parole;
Combien de fois amour, ces deux corps assemblez,
As-tu dedans vn lit d'heur semblable comblez?
As-tu de son nectar vne Alcine enyurée,
Prisoniere en ses bras, à pêne deliurée?
Ie vous voy maintenant priué de mouuement,
Ie ne vous verray plus que dans le monument;
O beau front glorieux, belle bouche, où foisone,
La douceur, & le miel, qu'vn baiser ie vous done;
Que ie vous baise donc, ô corail souriant,
Qui recelez enclos le nacre d'Orient,
Que trois, & quatre fois mon cœur ie rassasie,
Sur ce vaisseau remply de manne, & d'ambrosie;
Ha! ie meurs, ce baiser me transporte en des feux,
Plus cuisans & plus chaus que iamais ie n'en eus,
Cette glace me brûle, & ces léures my-mortes,
Des ardeurs dedans moy ressuscitent plus fortes.

　　Roger, tu n'es pas mort, leue-toy mon Roger,
Si ton âme en ce cors peut encore loger;
Vien d'Alcine aracher le cœur, & les entrailles,
Vien sur elle venger tes tristes funerailles;

O miſerable femme, hé! où étoit ton cœur,
De procurer la mort de ce heros vaincœur?
Inſenſée, abrutie, où étoit ton courage,
De te laiſſer ainſi tranſporter à la rage?

  Mais (tardif repentir) c'en eſt fait, il eſt mort,
Jl ne peut repaſſer l'irremeable bord;
Et tout ce que ie puis à l'extrême luy rendre,
C'eſt d'inhumer ſon cors pour honorer ſa cendre.

F I N.

LA MORT DE
BRADAMANTE,
TRAGEDIE.

Imitée de la fuitte de l'Ariofte.

SOMAIRE DE CETTE
Tragedie.

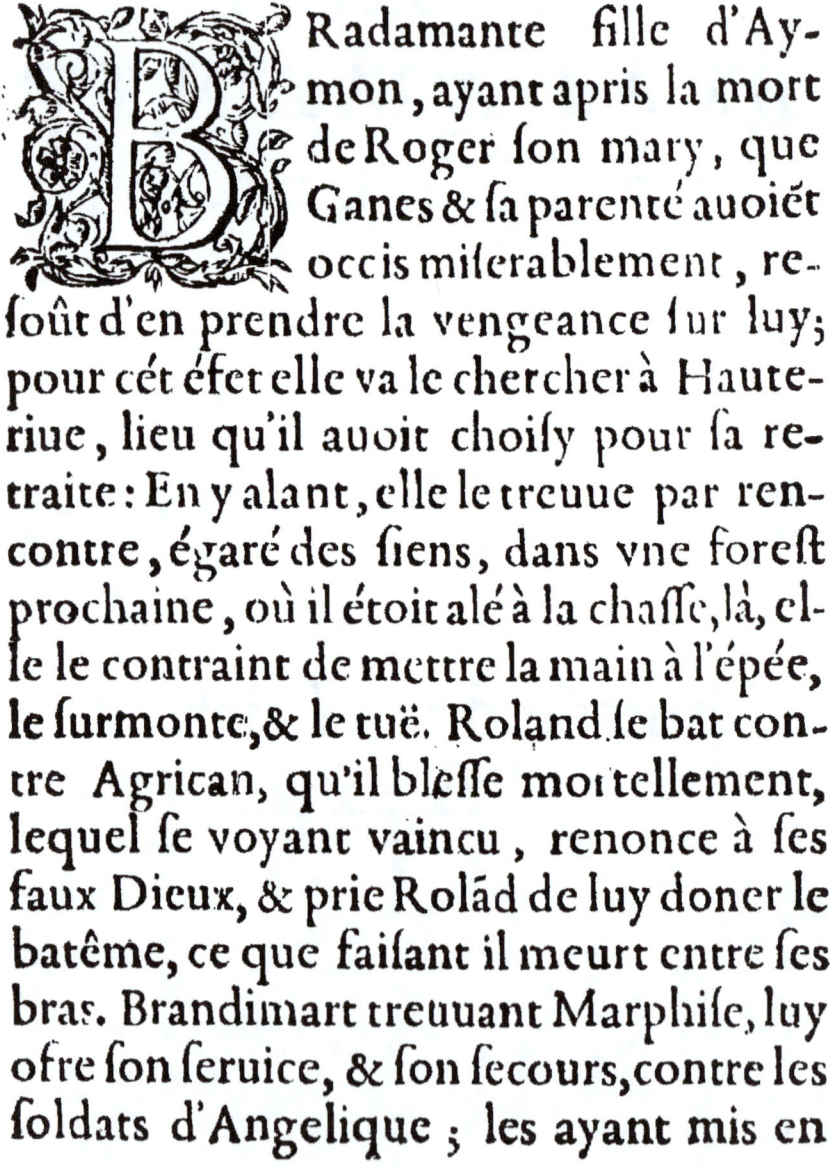

Radamante fille d'Aymon, ayant apris la mort de Roger son mary, que Ganes & sa parenté auoiét occis miserablement, resoût d'en prendre la vengeance sur luy; pour cét éfet elle va le chercher à Hauteriue, lieu qu'il auoit choisy pour sa retraite: En y alant, elle le treuue par rencontre, égaré des siens, dans vne forest prochaine, où il étoit alé à la chasse, là, elle le contraint de mettre la main à l'épée, le surmonte, & le tuë. Roland se bat contre Agrican, qu'il blesse mortellement, lequel se voyant vaincu, renonce à ses faux Dieux, & prie Rolád de luy doner le batême, ce que faisant il meurt entre ses bras. Brandimart treuuant Marphise, luy ofre son seruice, & son secours, contre les soldats d'Angelique ; les ayant mis en route, & les pourfuiuant, il eſt rencontré par Fleurdelis, qui l'arête, & le mêne dáſvn bois proche de là pour recueillir le fruit de leurs amours, où s'étant endormis, elle eſt enleuée par vn Hermite, des mains duquel étant échapée, elle eſt repriſe & emmenée par vn Sauuage. Brandimart éucillé ne treuuant plus ſa Fleurdelis aupres de luy, la cherche par la foreſt, où il rencontre trois Geans, qui vouloient violer vne Damoiſelle ; il l'a déliure de leurs mains par l'aſſiſtance de Roland, qui y ſuruient inopinémẽt, puis ſe remet en queſte de Fleurdelis, qu'il treuue dans le bois atachée à vn arbre par le Sauuage, d'où il l'a deliure, & s'en retournent contens. Bradamante apres s'eſtre conſomée en pleurs, ſur le tombeau de Roger, enfante dans la foreſt, où preſſée de triſteſſe, & de douleur, elle finit ſes iours de regret.

LES ACTEVRS.

BRADAMANTE.

NOVRICE.

AGRICAN.

ROLAND.

PAGE.

FLEVR DE LIS.

MARPHISE, & ses gens.

BRANDIMART.

SOLDAT d'Angelique.

GANES.

L'HERMITE.

TROIS GEANS.

DAMOISELLE.

DEVX BERGERS.

SAVVAGE.

LA MORT DE
BRADAMANTE.
TRAGEDIE.

ACTE PREMIER.
BRADAMANTE, NOVRICE, AGRICAN, ROLAND, ET SON PAGE.

SCENE I.
BRADAMANTE, NOVRICE, BRADAMANTE.

 *Euue de tout espoir, bute de tous malheurs,*
Miserable Princesse, exhale tes dou-
leurs; *(pirs ordinaires,*
Lâche la bonde aux pleurs, aux sou-

Conuertis tes deux yeux en humides riuieres,
Qui noyent deformais les fleurs de ton efté,
Puifque ton beau Soleil a perdu fa clairté;
Mon Roger, tu es donc le butin de la parque,
Tu as donques paffé la Carontide barque;
Ton celefte pourtrait eft feparé de moy,
O aftres colerez, motifs de mon émoy;
Parques, tranchez le fil de ma trame funefte,
Icy bas apres luy ne foufrez que ie refte,
Apres auoir le cours de fa vie arête,
Auoir mis au tombeau l'amour & la beauté;
   Mais c'eft trop lamêter, c'eft trop verfer de larmes.
Laiffons, la maintenant ces inutiles armes;
Courage Bradamante, employe ton éfort,
Montre que ton Roger n'eft pas encore mort,
Où s'il l'eft, que fa mort éternife fa gloire,
Qu'elle graue fes faits au temple de memoire,
Que tu vis en fa cendre, & qu'vn bras indomté,
Punira iuftment fon meurtrier éfronté;
Bras, qui fçait écarter d'vne Alcine les charmes,
Qui d'vn traitre affacin peut émouffer les armes;
Bras qui de fes boureaux fans crainte, & fãs refpect,
Peut tout exterminer iufqu'au moindre fufpect:
O forciere execrable, abominable Circe,

As-tu bien pû tramer si dânable malice?
Enfermer au tombeau ses iours précipitez,
Apres auoir soulé tes sales voluptez?
Et toy monstre odieux , abominable engeance,
L'oprobre, & le mépris des Princes de la France,
Ha! ie iure le ciel que ton crime impuny
Ne demeurera pas, quoy que tu sois bany ;
Ie t'ateindray par tout, & de ton sang parjure,
Ie te feray porter la pêne auec vsure:
Ha! le couroux m'ēporte, ha! Dieu ie n'ē puis plus;

NOVRICE.

C'est trop se contrister de discours superflus,
Madame, moderez quelque peu votre plainte,
Retenez ces douleurs dont votre âme est ateinte :
Que proufite vn couroux par trop demesuré?
Croyez-vous y treuuer vn remede assûré?
„ La constāce en tous maux nous doit seruir d'azile,
„ C'est pour les surmonter le moyen plus facile,
„ Elle aporte au rancœur(qui notre sang corompt,
„ Et altere nos sens) vn refrigere promt.
Vous, qui des plus vaillans auez terny la gloire,
Qui vous estes par tout inuincible fait croire,

En mile exploits fameux votre vie hazardant,
A vn nombre infiny de soldats comandant ;
Qui auez mile fois veu votre heure suprême,
Vous ne vous pouuez or comander à vous. même ;
Madame , auec le tems toute chose se fait,
Il n'est rien si fâcheux qu'en fin il n'ait parfait ;
D'ailleurs proposez. vous que la rancœur celeste,
Ne sera pas long. tems sans tomber sur sà teste ;
Ne courez volontaire aueugle à ce danger,
Puisqu'vn second vous peut de ce faix aléger ;
He ! de grace domtez , domtez cette furie,
A votre enfantement repensez ie vous prie,
En trauaux excessifs ne vous précipitez,
Il n'est forfait plus grand enuers les deitez,
Qu'vne mere exposer son enfant à la biere,
Auant luy faire voir la celeste lumiere ;
Lucine (ie le sçav) , vous promet vn enfant
Qui doit aler vos pleurs désormais étousant,
Qui non moins que le pere en vertus admirable,
Rendra son nom fameux aux races perdurable ;
Pensant venger le pere , ayez deuant les yeux,
Ce petit, qui vous doit estre plus precieux ;
En l'vn l'espoir est mort, il n'en faut plus atendre,
Et par l'autre vn soulas contente vous peut rendre.

BRADAMANTE.

Las! c'est en quoy le fort fe montre plus cruel,
C'est en quoy mon regret viura continuel,
Qui m'aflige le plus, & pourquoy ie déteste,
Le destin rigoureux, de m'estre si funeste;
Au lieu que ie pensois heureuse voir vn iour,
Par ce rare present acroitre notre amour;
Nous seruir de suport, il n'aura conoissance,
D'où, ny de quel endroit il prendra sa naissance;
Abandoné d'amis, dénué de parens,
Exposé soufreteux aux malheurs aparens,
Maudira la fortune, acusera les astres,
De l'auoir mis au monde auec tant de desastres:
Aux petits vipereaux comparera son fort,
Qui liurent leurs parens en naissant à la mort.
Mais où tournent ces vœux? où me porte cette ire?
Tels regrets ne sçauroient aléger mon martyre,
Il faut penser subtile à tramer les moyens,
D'atirer mes haineux aux funebres liens,
M'enquéter quel chemin il a pris, quelle route,
Afin le poursuiuant de l'ateindre sans doute;
Nourice, as-tu point sçeu du messager, le lieu,
Plus propre à s'éuader que le méchant a eu?

NOVRICE.

Madame, ie ne puis vous en rendre certaine,
Sinon que retiré dans la forest prochaine,
De peur d'estre conu, l'assacin ià comis,
Le Messager m'a dit, qu'à la fuite il s'est mis
Sans tenir de sentier ; mais il croit qu'il ariue,
Acompagné des siens, ce iour à Haute riue,
D'autant qu'au tour du bois, aucun bourg habité,
Ne luy permetra pas de viure en seureté.

BRADAMANTE.

C'est assez, il sufit, repren cœur Bradamante,
Venge toy ce iourd'huy de cette âme méchante;
Va purger l'Vniuers de ce monstre infernal,
Le plongeant au profond de l'abisme Auernal;
Inuente des tourmens, apreste-luy des gênes,
S'il s'en trouue icy bas capables de ses pênes,
Qui puissent aprocher de l'énorme forfait ;
Mais que tardé-ie tant, c'en deuroit estre fait;
Toy, pendant en ces lieux ma fidelle compagne,
Prie Dieu de bon cœur que son bras m'acompagne:
Car sans luy, nos desirs sont fondez sur du vent,
Qui fait que nos desseins se perdent bien souuent.

NOVRICE.

Las! Madame, ainsi donc vous reietez ariere,

Les seruices rendus à votre âge premiere,
Ma suplication n'aura point de pouuoir,
Et de surseoir vn tems ne vous peut émouuoir.

BRADAMANTE.

Que proufite sursoir lors que le tems ariue ?
Il me tarde par trop que le traitre suruiue,
Ne me conteste plus sur ce pieux desir.

NOVRICE.

O Cieux! quelle douleur vient mon âme saisir.

BRADAMANTE.

Console-toy Nourice, espere bone issuë.

NOVRICE.

Puisque vous auez donc votre perte conçeuë,
Et que votre malheur vous conduit au trépas,
Le souuerain moteur acompagne vos pas;
Adieu pour tout iamais, adieu ma fille chere,
Ie ne vous verray plus que recluse en la biere.

SCENE II.

ROLAND, SON PAGE, ET AGRICAN.

ROLAND.

Oicy le iour Roland, voicy le
　　iour fatal,
Que tu te dois venger d'vn hai-
　　neur capital;
Iour, qui de tes lauriers vient
acroître le nombre,
Ennoyant ce riual en la campagne fombre,
Iour, qui fert de trophée au comun des Chretiens,
De terreur exemplaire au refte des payens :
O Soleil que fais-tu ? que tardes-tu dans l'onde ?
Es-tu ialoux de voir qu'en victoires i'abonde ?
Anime beau Phœbus tes cheuaux genereux,
Vien rompre de la nuit le bandeau tenebreux,
Amêne à ton réueil ce fuperbe qui penfe,

Au

Au seul clein de son œil foudroyer notre France,
Abatardir la gloire, esperant l'emporter,
Si Roland ne pouuoit à ses coups resister:
Come si d'autresfois mon inuincible dextre,
Aux belliqueurs étours auoit trouué son maistre;
Mais que dy ie à quel but tendent tous ces discours?
De quelle source encor empruntent ils leurs cours?
Que puis-ie de moy méme executer timide,
Si ce Dieu qui tout voit ne me prend en sa guide?
Seigneur, Pere Eternel, Monarque Tout puissant,
Assiste ie te pry mon courage impuissant,
Ne sois sourd aux clameurs de ton aide implorée,
Ainsi qu'on voit aux chams la brebis égarée,
A la mercy des louts son pasteur réclamer,
Qu'il l'a vienne soigneux en son parc renfermer:
Où bien si tu permets que le fer auersaire,
Combatant pour ton nom me priue de lumiere,
Renuerse sur le champ mon cors roide étendu,
Soufre que mon esprit en tes mains soit rendu:
Exauce ma priere, ô Pere debonaire,
Et m'enuoye à present ce qui m'est salutaire.

AGRICAN.

As tu tantost Roland inuoqué tous tes Dieux?
Te prestent-ils secours de ta mort soucieux?

K

T'esacent ils du cœur cette mortelle crainte,

Qui paroist sur ton front honteusement emprainte?

O pauuret que fais tu ? qui t'a conduit icy?

Pose les armes bas implorant ma mercy,

Ne te souuient-il point d'auoir veu par la plaine,

Le limier suiure en lesse vn chasseur qui le mene,

Eguiser sa fureur sur l'animal peureux.

Pour combatre en apres le lyon genereux.

C'est ainsi par aquit qu'au combat tu t'apelle,

Combat qui fait fort peu pour ma gloire immortelle.

ROLAND.

O vanteur impudent, sans force, & sans valeur,

Indigne de par être entre les gens d'honeur;

Il n'est tems desormais de vanter puissance,

Il en faut sur le champ faire l'experience ;

Voyons sans plus parler qui mieux se defendra,

Et qui de ce combat le laurier obtiendra.

AGRICAN.

Quand le Ciel, les destins, & la bande infernale,

Auroient tous conspiré ma ruyne fatale,

Ils ne peuuent vnis te garder de ma main.

PAGE.

O fauorables Cieux ! miracle plus qu'humain,

Le Geant est à bas tout prest de rendre l'âme.

AGRICAN abatu.

Cheualier, maintenant ton secours ie reclame,
Honore ton vaincu d'vn ofice courtois,
Et ce faisant l'honeur du bien fait tu reçois.

ROLAND.

Declare, quel deuoir veux-tu que ie te rende?
Ne crain d'estre éconduit d'vne iuste demande.

AGRICAN.

Afin d'estre purgé d'encombre, & de méchef,
Ie te pry de lauer du batême mon chef,
Premier que mon esprit s'en aille de ce monde,
Si que ton Dieu me prenne en sa grace feconde.

ROLAND.

Ie le veux, attendant, prie humblement les Cieux,
Qu'ils t'assistent benins en cét œuure pieux;
Ie puiseray de l'eau de la source prochaine,
Pour lauer tes pechez, & te tirer de pêne:
Renonce à tes erreurs, abiure tous tes Dieux,
Et croy qu'il n'én est qu'vn qui regne dessur eux;
Qui iadis de son sang sauua la race humaine,
Coupable en ses forfaits de l'infernale pêne;
Mais helas! il se meurt, & pour preuue de foy,
Il m'incline le chef renonçant à sa loy.

K ij

O guerrier inuincible, ô âme genereuſe,
Puiſſe-tu pour iamais repoſer bien-heureuſe :
Agrican, des payens le fanal, le flambeau,
S'eſt éteint auiourd'huy dans le creux du tombeau;
Oüy des tiens auiourd'huy la gloire eſt étoufée,
En ta conuerſion tu rauis leur trophée ;
Mais oſtez-le d'icy, & qu'on le rende aux ſiens,
Qu'on honore ſon cors des deuoirs anciens,
Qu'vn cercueil à ſes os ſe prepare celebre,
Pour eternelle marque à ſa cendre funebre.

ACTE SECOND.

FLEVRDELIS, MARPHISE, ET SES SOLDATS, BRANDIMART, SOLDAT D'ANGELIQVE, BRADAMANTE ET GANES.

SCENE I.

FLEVRDELIS SEVLE.

Hétiue Fleurdelis, amante infortu-
née,
Quand sera ton erreur de ta course
bornée?
Ce cors n'est plus qu'une ombre, v
scelet décharné,

K iij

Que la parque à peu pres entiere a butiné,
Ce teint qui faisoit honte aux lys, & à la rose,
Qu'on voit vn beau matin nouuellement éclose,
Est brûlé de ce feu, qui plus en plus s'éprend,
Plus ie le veux éteindre, & redeuient plus grand;
Eteindre hé! qui le peut? qui peut que toy mon âme,
Amortir le brasier de ma cuisante flâme?
Brandimart, où tu sois, entens, entens mes cris,
Voy mes tourmens souferts en mile lieux écrits;
Et si tu n'as le cœur plus qu'vn tygre sauuage,
Vien t'en me déliurer de ce cruel seruage;
Aréte-toy volage, & sensible à mes maux,
Soulage d'vn regard mes penibles trauaux:
Anime Brandimart d'vn rayon de ta veuë,
Redresse maintenant ma raison dépourueuë;
Vien payer le tribut du pariure comis:
Mais i'enten ce me semble vn gros des ennemis,
Sans doute ils sont aux mains, tapië en ce bocage,
Ie verray qui vaincœur sortira de la charge.

Icy se fait vn chamaillis derriere le Theatre.

SCENE II.

MARPHISE, BRANDIMART, SOLDAT D'ANGELIQVE, ET FLEVRDELIS.

MARPHISE ET SES GENS.

Ve retardons nous plus? ils font, ils
    font à nous,
Ioignons les de plus pres qu'on les
    maſſacre tous :
D'vn duel ie ne veux retenter la
fortune,
Puiſqu'en cette rencontre elle rit oportune :
Sus, auant, rechargeons, ne perdons point le cœur,
Le grand Dieu des combats nous aſſiſte vaincœur.

BRANDIMART.

Inuincible guerriere, accepte ie te prie,
Vn Cheualier, a qui la vaicur s'aparie,

K   iiij

LA MORT

Au defir de voler contre tes ennemis,
L'afront & le forfait en ton endroit comis,
Pren ce fecours de cœur ofert à tes merites,
Ne rens à ce befoin mes ofres éconduites.

MARPHISE.

Ta fuplication n'eft digne de refus,
Mais ton nom inconu rend mon efprit confus.

BRANDIMART.

Brandimart, du berceau noury parmy les armes,
Qui n'eft au dernier des fignalez gendarmes,
De tes fiers ennemis te voyant mal traiter,
Eft celuy maintenant qui te vient affifter.

MARPHISE..

O guerrier valeureux, vraiment ta courtoifie,
Incomparable à tous merite eftre choifie ;
Ta prefence m'aporte vn merueilleux renfort,
Quand ie n'aurois que toy mon droit eft affez fort ;
Alons donque, donons en la foreft prochaine.

BRANDIMART.

Madame, gardons-nous d'vne embûche incertaine,
Tenez vos gens en ordre, afin de préuenir,
Le hazard du combat qui pouroit auenir ;
Là le camp d'Angelique à grand'troupe s'affemble,
Il n'eft voifin d'autour qui de frayeur ne tremble,

Mais ce nombre excessif ne peut endomager,
A la faueur du bois nous pouuant dégager.

MARPHISE.

C'est tres bien auisé marchons.

SOLDAT D'ANGELIQVE.

arme, arme, arme, arme,

BRANDIMART.

Nous somes découuers, voila déia l'alarme,
Chargeons sans diférer, courage mes amis,
Chacun à son deuoir diligent soit remis ;
L'ennemy sort du bois, alons, il nous deuance,
Vous, Madame, pendant préuoyez à l'vrgence.

MARPHISE.

Que la moitié de vous promte le secourir,
S'apreste, si l'éfort le semble requérir.

Combat.

FLEVRDELIS.

Ie vous rens grace, ô Dieux, de l'heureuse ariuée,
Qui m'a dedans ces lieux ma moitié retreuuée.

BRANDIMART.

Ces traitres sont en route, alons mes compagnons,
Donons dedans Albraque, & ne les épargnons.

MARPHISE.

Poursuiuons, poursuiuons, ils ont quité la plaine,

LA MORT

La voyant tout de sang, & de charogne pléne,
Courons, atrapons les.

FLEVR DE LIS.

Ah! cruel, où cours-tu?

Redone donc la vie à mon cœur abatu,
N'est ce assez vagabond à la mercy des armes,
Incertaine de toy m'abandoner aux larmes?
Auec tout le soupçon qu'amour peut conceuoir,
Voyant qu'en mon endroit tu manques de deuoir?
Ce grand Dieu, que la Thrace indomtable reuere,
Faisoit place à l'amour dépoüillant sa colere;
Dans les bras de sa Dame, il couroit apaiser
Sa fureur & ses feux, d'vn amoureux baiser.

BRANDIMART.

Bonheur inesperé, rencontre fauorable,
O de tous mes desirs desir plus souhaitable;
Helas! qui t'eust pensée en ces lieux mon Soleil?
Hé! qui eut esperé de ioüir de ton œil?
Que i'embrasse ce col, que ie presse l'image,
Où mes vaux apendront leur éternel homage.

FLEVR DE LIS.

Mon cœur laisse-moy donc délacer ton harnois:
Mais non, entrons plutost dans le fort de ce bois,
Où seulets nous pourons sans crainte & sans enuie,

Moiſſoner les plaiſirs les plus doux de la vie,

BRANDIMART.

O charme rauiſleur, ô douceurs que i'atens,
Vous ne viendrez iamais ce croy-ie aſſez à tems.

SCENE III.

BRADAMANTE, GANES.

BRADAMANTE.

Oicy donque le lieu, preſcrit à ma
    vengeance,
Qui des trauaux paſſez me pro-
    met allegeance,
Qui du perfide doit me reparer
l'afront,
Et me mettre vn laurier de ſurcroiſt ſur le front;
Lieu, qui doit témoigner de mon amour fidelle,
Et t'aſſûrer au vray de ma foy mutuelle,
Que ie conſerueray iuſques apres ma mort,
Deſirant viue, ou morte, encourir mêsme ſort.

Voicy l'autel sanglant où i'ofre sur sa tombe,
A tes manes sacrez le traitre en hecatombe ;
Ie luy feray vômir la vie auec le sang,
Et son cœur chaud encor luy tireray du flanc:
Ie luy feray porter par ma dextre indomtée,
De l'horible forfait la pêne meritée :
Ha ! quel contentement , quel aise, quel plaisir,
Quand ie pouray sur luy me venger à loisir ;
Encor est-ce bien peu pour toy, lâche & perside,
C'est bien peu pour lauer ton forsait homicide ;
Radamant ne te peut decreter vn tourment
Egal , s'il veut montrer qu'il iuge également :
Mais i'entens pres d'icy quelqu'vn, où ie me trompe,
Qui vient au long du bois embouchant vne trompe;
Ce sont quelques chasseurs qui peut estre égarez ;
Non, c'est notre ennemy, tenons-nous preparez;
O méchant qu'à propos tu viens perdre la vie,
Tu viens à point nomé contenter mon enuie.

GANES.

Quel malheur est-ce-cy ? mes compagnons épars,
Ca & là par les bois ie cherche en toutes pars ;
Du cor, & de la voix par tout ie les apelle,
Et ie n'en puis oüir, bruit , ne vent, ny nouuelle:
Craindroient. ils à mes iours quelque piege dressè ?

M'auroient-ils pour ce fait seul icy delaissé ?
Ie n'en sçay que penser; mais que pouroy-ie craindre,
Qui pouroit en ces lieux écartez me reioindre ?
Tout au pis quand la mort il faudroit encourir,
Ayant veu Roger mort, ie ne crain de mourir,
Apres auoir vengé ma disgrace, & ma fuite,
Lors qu'il pensoit le mieux éuiter ma poursuite ;
Qu'exilé ie n'aurois moyen de me venger ;
A son desauantage il a crû de leger ;
Cuidant executer sa mortelle pensée,
Luy-méme s'est ieté dans la trape dressée :
Ainsi puisse ariuer aux flateurs médisans,
Ainsi tous leurs desseins leur retournent nuisans,
Que la posterité dorenauant contemple,
A son vtilité ce memorable exemple :
Encor si le destin qui guidoit son malheur.

BRADAMANTE.

Retourne sur tes pas execrable voleur,
Tourne, tourne visage, & reçoy temeraire
De ton fameux exploit le merité salaire,
Que victime ie t'ofre aux manes de Roger,
Afin que ton trepas le puisse soulager ;
Ne fay semblant de fuir, la fuite te presente,
Tout autant de pardon que te fera l'atente.

GANES.

O malheur! quel demon m'a conduit en ces lieux?
O rigoureux destins, astres injurieux,
Que feray-ie? fuyray-ie? oseray-ie combatre?
Veux-ie contre le sort persister, où debatre?
Le Ciel me l'a prescrit, il faut que par sa main,
I'expie le forfait de mon crime inhumain;
Mais que dy-ie à l'extrême il faut tenter sa force,
Souuent le desespoir rend vaincœur qui s'éforce,
Les combats sont douteux, & voit-on prosperer,
Celuy qui bien souuent ne l'osoit esperer;
Dy-moy donc à quel but desires tu d'ateindre?
De quel pinceau veux-tu ta victoire dépeindre?
Dessur quel droit veux tu fonder ton diferent?
Tu cherches m'ataquant ton malheur aparent:
Declare, à quel propos tu m'uses de menace,
Et t'en faire raison ie iure sur la place.

BRADAMANTE.

Ignores-tu pourquoy ie te cherche boureau,
Et pourquoy ie te veux pousser dans le tombeau,
Regarde qui ie suis, & d'vne âme rassise,
Vien demander pardon de ta faute comise:

GANES.

C'est à faire aux coüars de demander pardon,

C'eſt de moy que tu dois obtenir ce guerdon;
Sont des éfeminez que les femmes ſurmontent,
Et non ceux qui leur fard, & leurs bãdicts domtẽt.

BRADAMANTE.

Vn deſeſpoir ie croy te fait médire ainſi,
Mais ce n'eſt pas vn fard qui m'a conduite icy;
Non, non, ie ne vien point pour t'vſer de blandice,
Ains pour te faire choir au mortel précipice;
Je vien traitre, ie vien pour ta trâme abreger,
Non pour te pardoner le trépas de Roger;
Pour de ton ſang infame aſſouuir ma vengeance,
Ne retarde donc plus de te mettre en difence.

GANES abatu.

O Dieux! ie ſuis bleſſé, la force me défaut,
Du coup outrepercé le courage me faut.

BRADAMANTE.

Méchant, reconoy donc ta coulpe, or que la parque,
Enuoye ton eſprit en l'infernale barque;
Va témoigner là bas de mon afection,
Dire, que mon amour eſtoit ſans fiction;
Ie ne puis ſur ce cors méchant abominable,
Aſſez raſſaſier mon couroux implacable;
u'il demeure en ces lieux priué de monument,
our ſeruir aux corbeaux, & aux loups d'aliment.

LA MORT

Joy mon Roger tandis, si des beaux chams d'Flise,
(Où les bons tels que toy reposent en franchise)
Tu peux lancer en haut vn rayon de tes yeux,
Si tu peux voir icy de ces paisibles lieux,
Voy quel est mon desir, en aprouuant mon zele,
A punir du meurtrier la cause criminelle;
Voy son tronc imobile à tes manes sacré,
Et le mien à ta mort fidelle consacré,
Ce sout les premiers vœux, c'est la premiere oferte,
Que ie dois mon Roger à ta si chere perte;
Reçoy la de bon cœur pour mon soulagement,
Tu me verras bien tost apres au monument,
Quand de tes assacins la race exterminée,
Aura de mes trauaux la course terminée.

ACTE

ACTE TROISIEME.

L'HERMITE, BRANDIMART, FLEVRDELIS, III. GEANS, DAMOISELLE, ET ROLAND.

SCENE I.

L'HERMITE, BRANDIMART, ET FLEVRDELIS. L'HERMITE.

Eureux, qui dans les bois solitaire habitant,
Va d'vn peuple malin les rancœurs éuitant; (nouriture
Qui se passant de gland pour toute

L

Se contente du peu que produit la nature ;
Et viuant à part soy sans contrôle, & sans peur,
Tous les pensers charnels sçait résoudre en vapeur:
Là l'esprit se repaist d'vne manne celeste,
Et libre ne craint point qu'vn soupçon le moleste;
Ne craint point ce serpent, qui ialoux du repos,
Glisse sans y penser son venin dans les os;
Et ne démort iamais, si tost que sa pointure,
A fait dedans nos cœurs tant soit peu d'ouuerture:
Mais sous ce pauure habit le remede est compris,
C'est dequoy résister, & emporter le prix ;
Ainsy reconoissant la malice profonde,
Qui d'vn bandeau mortel aueugle tout le monde ,
I'ay quité mes pàrens, & mon natal seiour,
I'ay quité les grandeurs , les pompes, & la Cour,
Et me suis retiré dans ce lieu solitaire ,
Où i'ay fait d'vn rocher ma demeure ordinaire.
Aussi tost que le iour nous répand sa clairté,
Ie sors deuotieux de mon antre écarté ,
Contemplant des hauts Cieux les diuines merueilles,
I'admire du grand Dieu les œuures nompareilles ;
Ie domte mes desirs au labeur quelquefois,
Et n'ay pour mon repas que ce qui croist aux bois ;
Ie ne crain pas alors qu'vne amante infidelle,

Me torture le cœur d'vne flâme cruelle;
Qu'vn riual enuieux de ma profperité,
Confpire de m'ôter l'amour & la clairté;
Ie ne crain pas alors porter dans ma poitrine,
La flâme & le brandon de l'enfant de Ciprine,
Qui n'a place en nos cœurs, qui n'a de rendez-vous,
Que tant que nous foufrons qu'il fe loge chez nous :
C'eft vne paffion, laquelle prend fon eftre,
D'vn éfréné defir dont l'home n'eft pas maitre;
Mais de quels vains difcours confomay-ie le tems?
Que n'entray-ie en ma grote hé ! qu'eft ce que i'a-
Où tendent fes propos? Phœbus a fait fa rôde,   (tens?
Et mène fes cheuaux fomeïller deffous l'onde,
Il me faut retirer; mais n'aperçoy-ie pas
Deux étrangers laffez qui repofent là bas ;
Ie les veux écouter, & puis de ma puiffance,
S'ils en ont de befoin leur ayder à l'vrgence.

BRANDIMART.

Cueillons ores, cueillon pareils à ces ormeaux
Enfemble entrelaffez qui s'embraffent gemeaux,
Le fruit de nos amours d'vne ardeur nompareille:
Prefte icy le corail de ta bouche vermeille,
Done-moy ce baifer, & ie t'en rendray deux,

L   ij

FLEVRDELIS.

Tu ne me dones rien, car ils me font bien dûs,
Cà, que ie les reprenne, & ten donc d'auance.

L'HERMITE.

O Dieu! quel changement ébranle ma conftance.

BRANDIMART.

Tu m'en as dérobé, vrayment tu lès rendras,
Et qu'il ne t'en fouuienne onque tu n'en prendras.

FLEVRDELIS.

Tu me bleffes méchant, c'eft fait de moy pauurette,

BRANDIMART.

Il faut que fur ce lis de la main ie furette,
Me faut il refufer? quoy? que veut ce dédain?

FLEVRDELIS.

Que vous paffiez plus bas, c'eft tout ce que ie crain.

BRANDIMART.

Ta crainte m'enhardit, r'embraffe-moy ma fainte,
Reioignons ces deux cors d'vne plus douce étrainte;
N'es-tu pas ma moitié? ne fuis-ie pas ton cœur?
Ne faut il pas plier à l'amour mon vaincœur?
C'eft pour plus m'enflâmer, ie le conois mauuaife,
Las! ie le fuis affez fi toft que ie te baife.

FLEVRDELIS.

Pardone-moy mon tout, iamais ie n'y penfay,

Mais ie veux que le tort me soit recompensé,
Que les tourmens souferts en ta trop longue absence,
Te facent quelque peu porter de penitence.

BRANDIMART.

Quoy cruelle, veux-tu me martirer ainsy ?
Pour soufrir ta rigueur m'as tu conduit icy ?
Vn mécontentement de tes yeux me separe,
Enuers ton Brandimart serois-tu si barbare ?
Ah ! ie ne le croy pas, aproche-moy ta main,
Et montre que tu n'as le cœur tant inhumain.

FLEVRDELIS.

Va, ie suis satisfaite, & ne reste à parfaire
En mon endroit, que ce qu'au tien ie vien de faire,
Que veux-tu que ie done en gage du mépris ?

BRANDIMART.

Que les baisers passez ne soient en rien compris,
Que sur ce sein d'albâtre embâmé de delices,
Sans crainte de refus mon âme tu rauisses.

L'HERMITE.

Quelle tentation, ô Ciel ! ie n'en puis plus,
De trop de sentimens mon esprit est perclus.

FLEVRDELIS.

Certes la Dame auroit bien peu d'amour en l'âme,
Qui voudroit refuser d'amortir cette flâme,

L iij

Pren, ie te le permets, aproche mon Adon,
Détrempons à l'enuy cét amoureux brandon,
Reçoy ce doux baiser pour âres de ma braise;
Faisons que cette ardeur vn peu de tems s'apaise.

BRANDIMART.

Ie ne veux rien du tien, ie ten rens tout autant.

FLEVRDELIS.

Le mié en vaut bien deux, le tien n'en vaut pas tant.

BRANDIMART.

Ie t'en veux doner trois pour m'estre redevable.

FLEVRDELIS.

Ha! tu m'étrains trop fort ,

BRANDIMART.

en voilà vn valable;

Mais rentrons plus auant, ces baisers ne font rien,
Qu'emporter la pluspart des douceurs de mon bien,
I'aperçois vne place au milieu du fueillage,
Où nous pouuons domter nostre amoureuse rage,
Leue-toy ma maitresse , & ne perdons le tems,
Qui rit à nos desirs heureusement contens.

L'HERMITE.

Quel demon infernal en l'esprit me possede ?
Qui fait que ma raison en vn moment luy cede ?
Ie brûle ce me sembl e, & le feu qui m'assaut,

De plus en plus s'alume, & redeuient plus chaut;
Quelle ilusion feinte à mes yeux se presente?
De tant de feux cuisans tient ma poitrine ardente?
Quels charmes élancez d'vn feminin atrait?
C'est amour, ie le sens, c'est vn coup de son trait,
Qui voletant n'aguere autour de cette Dame,
M'a fait participant de l'ardeur de sa flâme;
Las! qui seroit aussy l'insensible rocher,
Qui iouïssant de l'heur ne s'en verroit toucher?
Beaux yeux vous m'auez pris, votre celeste œillade,
(Où reside l'amour) m'a tendu l'embuscade,
Ces baisers, l'hameçon pour m'atraire au cordeau,
Esclaue deuenu de votre obiet si beau;
Quelle vermeille fleur que l'Aurore ait nourie,
De sa bouche aprochant, en beauté s'aparie,
A ces marbres bessons de Cinabre entourez,
Où cent petits amours se cachent retirez?
O douceurs de mon bien, ie me pers, ie m'égare,
Racontant l'infiny de ta beauté si rare:
Onc mortel que ie croy n'a pris tant de plaisir,
Que i'ay fait, contemplant ce pourtrait à loisir;
O amour ie te pry', quel voile d'ignorance,
Auoit sillé mes yeux de blâmer ta puissance?
Qui ne sçait, que tu vis immortel sur les Dieux,

L iiij

Et pour les maintenir qu'ils t'ont logé chez eux;
Pour ma profession ie sçay que ie l'ofence,
Mais quel home icy bas n'a iamais fait d'ofence?
Nous somes tous astrains sous la loy du peché,
Et aucun n'a vécu sans en estre entaché;
Egalement navrez de cruelle blessûre,
Par consequent suiets aux loix de la nature:
Laissons donc ce scrupule, & pensons d'apaiser,
(S'il est possible au moins) ce furieux brasier;
Donons dedans ce bois, où peut estre seulette,
Mais ie les voy là bas couchez dessur l'herbette,
D'vn someil assoupis, aprochons de plus prês,
Que ie reuoye au vif ces celestes atraits;
Que ie cueille vn baiser sur sa léure iumelle,
Que ma main face vn tour sur sa blanche mamelle;
Et pendant qu'vn refus ne me peut empécher,
Tâchons à paruenir à ce qui m'est plus cher;
Il conuient redoubler par la force d'vn charme,
(Preuenant leur réueil,) le some qui les charme;
Voicy dequoy, touchant ses membres pretieux,
Qui d'vn someil plus fort luy sillera les yeux:
Tout va bien, il ne reste à l'heureuse entreprise,
Sinon choisir vn lieu pour iouyr de ma prise,
Loin du comun ialoux, écarté du chemin,

Où i'executeray mon amoureux deſſein.

FLEVRDELIS.

Au ſecours mes amis, quel monſtre m'a rauie.

L'HERMITE.

Ne crain point mon amour, entre dedans, ma vie,
Ie n'ay digne de toy qu'vn zele d'amitié,
C'eſt pourquoy ie te prie aye de moy pitié.

SCENE II.

BRANDIMART, 1 GEANT. 2. GEANT, 3 GEANT, DAMOISELLE, ROLAND. BRANDIMART.

Someil pareſſeux , prodigieux image,
Tombeau de nos plaiſirs, ennieux de notre âge,
Deſſille moy les yeux ; fuyez ombres , fuyez,
Et d'vn rayon plus doux ma paupiere eſſuyez ;
Raproche toy mon cœur, raproche-moy ta bouche,
Qu'au miel de ce corail ie redone vne touche ;
Que retarde-tu donc ? aproche mon ſoulas,
Faiſons de nos deux cors enſemble vn entrelas:
Quoy ? faites-vous la ſourde alors qu'õ vous reclame ?

O Cieux! qui m'a ravy la moitié de mon âme?
O destins rigoureux! quel barbare voleur,
Ennemy de mon bien m'a causé ce malheur?
Fortune déceptiue au lieu de mon Aurore,
Me done vn Occident qui mon âme deuore:
Resoû-toy Brandimart, brosse de bois, en bois,
Tâche de l'atraper à l'accent de sa voix,
Et le brigand ateint, paye-toy de l'ofence:
Mais quel bruit éclatant de ces rochers s'élance?

1. GEANT.

Que seruent ces clameurs, sont les droits du pays,
Qui ne peuuent d'aucun iamais estre trahis.

BRANDIMART.

Quel nombre de geans oprime cette Dame?
Ha! traitres demeurez, demeurez troupe infame.

DAMOISELLE.

Cheualier, ie te pry' sauue ma chasteté,
Retire-là des ceps de leur brutalité.

2. GEANT.

Il seroit aueuglé, voyant sa mort prochaine,
S'il ne s'en exemtoit, inéuitable pêne,
Au cas que temeraire, il entreprit d'ôter.

3. GEANT.

Quel chétif malheureux vient pour nous contester ?
Es-tu priué de sens, veux-tu perdre la vie?
Perseuere toũjours en ta premiere enuie,
Coment? n'as-tu point peur?trembles tu point?voyãt
Ton trépas resider en mon bras éfroyant ?
Croy qu'vn mauuais demon de la sombre demeure,
T'enuoye entre nos mains guerrier à la malheure.

BRANDIMART.

Ie suis vn autre Alcide inuincible enuoyé,
Pour rendre l'Vniuers de monstres nettoyé ;
Sus, rendez cette Dame ; où tous trois ie proteste
Que luy reparerez l'iniure de la teste.

3. GEANT.

Laissez-le moy punir, & vous deux cependant,
Ne laissez pas d'aler votre route gardant,
Ie l'enchaineray seul, s'il parle de combatre,
S'il veut à son dessein réster opiniâtre.

ROLAND.

Le hazard iournalier qui preside aux combats,
Tout ce que la fortune a d'instable icy bas,
Ne pouuoient assister mon bon-heur dauantage,
Que d'auoir l'innocent deliuré de l'outrage:
Mais ô Ciel qu'aperçoy-ie? vn pauure Cheualier,

Qu'vn nombre de brigans s'éforcent de lier;
O rencontre propice, helas! que voy-ie encore,
Vne Dame captiue : ô fort que ie déplore;
Monftres, que ferez-vous, remplis de cruauté?
Gardez-vous d'ofencer vne telle beauté;
Toy Cheualier, pour Dieu ne t'expofe à leur rage,
De les combatre tous défere-moy la charge.

BRANDIMART.

Croy que ie n'ay befoin d'aucun pour m'affifter,
D'eftre arbitre des coups vueille-toy contenter;
Qui s'ofre le premier?

Combat.

1. GEANT.

ha! ie meurs, ie fucombe.

BRANDIMART.

A l'autre, dépéchons, en voila l'vn qui tombe.

2. GEANT.

Ce laurier obtenu te coûtera bien cher.

ROLAND.

A moy voleur, à moy ne crain point d'aprocher.

Combat.

2. GEANT.

O deteftable iour, encombreufe lumiere.

LA MORT
ROLAND.
Trauerſe malheureux l'infernale riuiere.
BRANDIMART.
Laiſſe. moy ie te pry ſeul punir ce méchant,
Qu'il aille auec les ſiens aux enfers trebuchant.
3. GEANT.
Toy-même y décendras leur victime agreable.
Combat.
BRANDIMART.
O Ciel ! ie ſuis bleſſé,
ROLAND.
           perfide, miſerable,
Tu payras ce forfait, ha ! tu fuis, mais en vain,
Tu ne peux échaper maintenant de ma main ;
Combat.
Reçoy traitre, reçoy le prix de ton merite,
Et t'en va de ce coup boire dans le Cocite.
DAMOISELLE.
Las ! de quel ſaint deuoir, de quelle bouche ô Dieux,
Puis ie remercier cét acte gracieux ;
Que ne puiſ.ie à l'égal, pour vn tel benefice,
Vous ofrir Cheualier ma vie en ſacrifice ?
Mais deuoit la fortune helas ! deuoit le ſort,
Me déliurant doner ce guerrier à la mort,

Que ie fuſſe la cauſe apres ma deliurance,
D'enuoyer mon Hercule au fleuue d'oubliance.

ROLAND.

Madame, s'il vous plaiſt, laiſſons-là ce diſcours,
Et cherchons le moyen de luy preter ſecours;
Tranſportons-le d'icy, & que vîte on eſſaye,
D'arêter le torent qui coule de ſa playe.

DAMOISELLE.

Ce coup n'eſt pas mortel, i'eſpere que bien toſt,
Auec l'ayde de Dieu, nous le rendrons diſpoſt,
Or pour le ſoulager, portons-le ſur la riue
Du fleuue, auparauant que la ſincope ariue,
Deſſous ces ſaules vers, où apres l'apareil,
Ie vous raconteray mon malheur nompareil,
Et coment vn ialoux ſon ardeur aſſouuie,
A tenu ſous ſes fers ma ieuneſſe aſſeruie.

ACTE QVATRIEME.

FLEVRDELIS, BRADAMANTE. NOVRICE, PAGE, ROLAND, ET BRANDIMART.

SCENE I.

FLEVRDELIS SEVLE.

Ons Dieux ! où suis-ie? helas !
  helas ! à quelle fin,
Me va précipiter cét impiteux
  destin ;
Où tourneront mes pas, égarée,
  & perduë?
Rien qu'vne afreuse mort ne se montre à ma veuë,
Ie me voy d'vn Caribde, en Scylle trebucher,

                   Si

Si le Ciel, à mes vœux ne se laisse toucher :
Donc chétiue faut-il apres tant de miseres,
Tant d'erreurs, tant d'ennuys, tât de plaintes ameres,
Tant de soupirs ardens, tant de fâcheux reuers,
A toute heure exposée à cent malheurs diuers,
A tout ce que le sort, & la rancœur des astres,
Peut influer sur nous de maux, & de desastres,
Pensant dedans le port entrer en seureté,
En reuoir mon vaisseau si soudain reieté.
Malgré tous mes éforts, & malgré mon courage,
Me voir contrainte ainsy de ceder à l'orage.
Ainsi dans le succez de nos chastes amours :
Vn absinthe se mêle aux douceurs de nos iours :
Toutefois les grans Dieux protecteurs de ma vie,
Ont du fol agresseur bien préuenu l'enuie,
N'ont permis qu'il soulât dessur ma chasteté,
Le desir furieux de sa brutalité :
Aussi certes, aussi de mon honeur priuée,
La mort ne seroit point, où ie l'aurois treuuée ;
Mais où doy-ie tourner en ces lieux incertains,
S'achêue dessur moy la rancœur des destins,
Aprochons de ce bois, ha ! quel monstre sauuage
Aperçoy-ie là bas, qui m'atend au passage ;
C'est fait, voila l'éclat qui panchoit sur mon chef,

M

O Ciel! preserue-moy d'encombre, & de méchef.

SCENE II.

BRADAMANTE, NOVRICE, ET LE PAGE.

BRADAMANTE.

 Oicy donques le lieu, voicy la
sepulture,
Où Roger a payé le tribut à na-
ture;
Où ce modelle saint de valeur,
de beauté,
A soulé d'vn tyran la gloute cruauté;
Helas! de quel accent, de quelle voix pauurette,
Faut-il que maintenant ma perte ie regrette?
Quelles pleurs sufiront à pleurer mes douleurs?
Et quels profonds sanglots à mes cuisans malheurs?
La source de mes yeux sterile, ne peut rendre,

Le moindre des ruisseaux qu'il me faudroit épandre,
Ce ne seroit assez pour contenter mes maux,
Il faudroit vne mer auec toutes ses eaux,
Je vous inuoque donc, ô filles des fontaines,
Et vous, dont les rochers & les forests sont plênes,
Acourez, acourez, venez auéque moy,
Venez à ce tombeau sangloter mon émoy;
Que tous les oisillons, hôtes de ces bocages,
Ne chantent que douleurs au lieu de leurs ramages,
Et vous prez verdoyans ne vous pouuans douloir,
Au lieu de vos couleurs tapissez-vous de noir:
O Roger mon soulas, mon esperance morte,
Considere mon cœur l'amour que ie te porte,
Prenc ce chaste baiser posé sur ton cercueil,
Reçoy-le ie te pry' pour témoin de mon dueil,
Cercueil, helas! que dy-ie, impitoyable terre,
Qui d'vn cors tout parfait les reliques enserre,
Qui me rauit mon bien, qui cache mon Soleil,
Soleil dedans ce monde vnique, & sans pareil:
Combien cruels destins, vos rigueurs inconstantes,
De nous pauures mortels deçoiuent les atentes?
Nul ne se peut cacher de vos coups mesurez,
Les Princes, & les Roys, sont les moins assûrez:
Las! s'il n'estoit ainsy mon Roger, ma chere âme,

Vn meurtrier impiteux n'auroit coupé ta trame,
Tu ne ferois butin d'vn tombeau deuorant,
Et moy ie n'irois pas ta perte déplorant;
Pleurons donque, pleurons, arcufons cette cendre,
Ne réferuons des yeux vne goute à répandre;
Embraffons ce tombeau, baifons ce monument,
Au lieu de mon Roger, obiet de mon tourment:
Et ne le pouuant voir; octroye-moy mon âme,
Que nos cors foient reioints fous vne même lame:
Mais foutien moy Nourice, vn autre mal m'affaut,
Ie voy bien qu'en ces lieux acoucher il me faut,
La nocturne Deëffe auance ma gefine;
Prefte moy ta faueur, ô feconde Lucine,
Miniftre ne t'adioins aux celeftes rigueurs,
Mais adoucy mes maux, & mes âpres langueurs.

NOVRICE.

O fieux! ô Cieux cruels, aftres remplis d'encombre,
Côbien vous adioutez à nos malheurs sâs nombre;
Madame, ie vous pry' retirons-nous d'icy,
Ne vous tramenteuez ce fepulcre obfcurcy,
Tirons deuers ce bois, où quelqu'vn pitoyable,
Nous poura fecourir d'vne main fauorable;
Mais elle n'en peut plus, il conuient l'emporter,
Et chercher le moyen de la faire affifter.

PAGE.

Bons Dieux! où irōs nous? que ferōs- nous Nourice?
O Ciel, fois nous plus doux , fauorable , & propice.

SCENE III.

ROLAND, BRANDIMART.

ROLAND.

E T bien ? de votre mal estes vous al-
legé ?
Ne vous fentez vous pas vn peu
plus foulagé?

BRANDIMART.

Grace au Ciel , & à vous ie fens quelque relâche,
Mais vn tourment plus âpre à mon efprit s'atache,
Je fuis en vn chaud mal de la fièure tombé,
D'vn précipice à l'autre aufsi- tost retombé ;
Que n'a permis du fort la rancune , & l'enuie,
Que de ce coup receu i'aye perdu la vie.

ROLAND.

Coment cela ? l'acces auroit il redoublé?
Ie voy plus que deuant ce vifage troublé,

M iij

Declarez s'il s'y treuue au moins quelque remede.

BRANDIMART.

Las ! ce n'est point du coup que la douleur procede,
Ie suis pour ce regard déliuré Dieu mercy,
Vne doute, vn soupçon me trauaillent ainsy ;
Ie porte dans les os vne peur, vne crainte,
Qui donne à mon esprit vne éfroyable ateinte.

ROLAND.

Encore, qui sçauroit d'où elle peut venir,
On pouroit rechercher moyen d'y suruenir ;
Ie confesse pour moy que ie n'y puis ateindre,
Si ce n'est quelque trait d'amour qui te fait craindre,
Vn tourment éuenté se soulage à demy,
Quand nous le declarens à vn parfait amy.

BRANDIMART.

Ce fut sur le matin, come la belle Aurore,
Au départ de la nuit notre horizon décore ;
Que le char de Phœbus paroissoit peu à peu,
Du ventre de Thetis couroné de son feu ;
Desireux de sçauoir coment les deux armées,
En cét assiegement se portoient animées,
I'aprochay d'vn château tout entouré de bois,
Où d'vn nombre de gens retentissoit la voix ;
Vn grand bruit de tambours, vne afreuse mêlée,

De soldats combatans aupres d'vne valée ;
Tout resonoit de cris , tout respiroit le sang,
Chacun s'entranimoit de combatre à son rang :
Mais douteux de leur chef, des soldats ie m'informe,
Et treuuay leur raport à mon penser conforme ;
Ie sçeu d'eux que c'estoit Marphise auec les siens,
Qui surpris en ces bois resistoient aux Payens :
Estant instruit du nom ie cours à sa défence,
M'ofre à la secourir de toute ma puissance ;
Ie me ioins auec elle, & suiuant l'ennemy,
Qui timide branloit à la fuite à demy,
Celle qui tient mon âme en sa prison captiue,
Se presente à mes yeux, éperduë, & craintiue,
M'acuse d'inconstance , & me nome leger,
Me dit que ie la veux à vn autre changer ;
Le torent de ses pleurs qui noyoit son visage,
M'atendrit , me rauit le cœur , & le courage ;
Tant que dessur salê vre vn amoureux baiser,
Fit arêter ses pleurs , & ses cris apaiser ;   (pices,
Nous cherchons dans le bois quelques lieux plus pro-
Loin du comun peril: pour combler nos delices,
Las ! â pêne au milieu de ces contentemens,
Nous alentions nos feux de nos embrassemens,
A pêne auois-ie pris deux baisers de sa bouche,

M   iiij

L'extaſe en vn ſomeil diſſipe l'eſcarmouche:
O ſomeil ennemy, mortel, prodigieux,
Que n'ôtois-tu d'vn coup la lumiere à mes yeux,
A mon réueil penſant r'embraſſer mon idole,
(Preſque à ce ſouuenir me manque la parole)
Ie ne la treuue plus ; lors come hors du ſens,
Ie fis tout retentir de langoureux accens,
Ie cours de bois en bois, & mes pas, & ma pêne,
Me donent au pourchas vne eſperance vaine ;
Roland voilà que c'eſt, iugez ſi ſans raiſon,
Je couue en mon eſprit ce dangereux poiſon,
Iugez ſi le ſuiet merite de le plaindre,
Et ſi de ce treſor la perte n'eſt à craindre.

ROLAND.

S'il ne faut qu'employer & ma pêne, & mes pas
A ce beſoin vrgent, ie n'y manqueray pas ;
Ie m'en vay de ce pas trauerſer cette plaine,
Vous prenez le ſentier de la foreſt prochaine ;
Il ſera dificile en prenant ce chemin,
Que nous n'en entendions nouuelles dans demain ;
Le rauiſſeur treuué, porte ſa deliurance,
Ne retardons donc plus car l'heure nous deuance.

BRANDIMART.

Alons puifqu'il vous plaift, vn exploit retardé,
Ne reüſſit iamais come il eſt demandé.

SCENE IV.

LE SAVVAGE , FLEVRDELIS , ET
BRANDIMART.

Le Sauuage l'atache à vn arbre.

FLEVRDELIS.

Ous ce grand cercle rond, ſous
    la grandeur du monde,
Reſte-t'il vn malheur qui mes
    malheurs ſeconde?
Fut-il depuis qu'amour engen-
    dra l'Vniuers,
Amante qui ſoufrit plus que moy ſous ſes fers?
O Cieux ! qui me voyez en ce peril réduite,
Qui voyez mon honeur à ſa fin précipite,
Ja déja preſerué d'vn éfort diſſolu,
Ne le ſoufrez encor de ce monſtre polu;

Et toy fils de Cypris, puiſſant Dieu de nos âmes,
N'endure prophaner la douceur de ſes flâmes,
Déliure ta ſuiette, & ne ſoufre grand Dieu,
Que ce traitre brigand me difame en ce lieu;
Autrement vn licol, vn goufre, vn précipice,
Puniront le forfait dont tu te rens complice:
Ha! i'entens que ie croy quelqu'vn dedans ce bois,
Tu te montres touché des accens de ma voix,
Fay donc qu'à mon beſoin il viene ſecourable,
Où qu'vne promte mort m'acáble impitoyable.

BRANDIMART.

L'amour & le deſtin enſemblément vnis,
Ont ie croy coniuré mes malheurs inſinis;
Il ne reſte en ces bois ny deſert, ny bocage,
Où ne m'ait pourmené cette amoureuſe rage,
Où mes pas ne ſe ſoient imprimez incertains,
Et ie voy toutefois que mes trauaux ſont vains;
Tant que ie ne ſçay plus où tourner ma penſée,
O cruelle fortune, ô marâtre inſenſée;
Pourſuiuons toutefois le chemin entrepris,
O Dieux! mais quel ſpectacle, ocupe mes eſprits,
Vn Sauuage, vn brigand, tient Madame atachée,
Il faut qu'elle luy ſoit promtement arachée,
Mais c'eſt trop diſcourir, il faut executer,

Et ce monstre brigand là bas précipiter.

Combat de Brandimart, & du Sauuage.

FLEVR DE LIS.

O grans Dieux, détournez le malheur qui s'apreste,
Preseruez l'inocent de cette fiere beste.

BRANDIMART.

C'en est fait, le voilà qui se rend aux abois,
Réioüy-toy mon cœur de l'exploit que tu vois.

FLEVRDELIS.

Mon Alcide, mon tout, mon soulas, mon Persée,
Coment peut cette pêne estre recompensée?
Coment rétribuer vn osice pareil?
Embrasse-moy mon cœur, baise-moy mon Soleil.

BRANDIMART.

O loyer précieux, ô chere recompense,
O doux allegement en mon âme suspense;
Que tardé-ie à t'ôter de ces fers inhumains?
Soufriray-ie patir ces delicates mains?
Ce cors plus que diuin, chef-d'œuure de nature,
Sera-t'il plus long-tems étraint sous la torture?
O cruauté du sort : mais conte-moy, coment,
Ce barbare te pût rauir si promtement,
Déduy-moy l'accident de la chose passée,

Qui de frayeur encor tient ton âme glacée.

FLEVR DE LIS.

Si le tems permettoit, ie diroy mon foulas,
Come vn vil aguéteur me rauit de tes bras,
Et coment du depuis fa vengeance fatale
Empécha les éforts de fa rage brutale ;
Mais cette crainte encor qui gliffe dans mon cors,
Ne me permet pouffer vne parole hors,
Retirons. nous de grace, & puis de cette doute,
Ie rendray ton efprit & ton âme refoûte.

BRANDIMART.

Ie ne te veux contraindre, alons mon cher foucy,
Tirons droit au Château, fortons de ces lieux-cy;
Alons, & que iamais l'inconftante fortune,
A nos plus faints defirs ne fe tourne importune.

ACTE CINQVIEME.

BRADAMANTE , NOVRICE, PAGE, ET DEVX BERGERS.

BRADAMANTE.

E reuien derechef sur ton aymé cer-
cueil,
Rendre les derniers vœux d'vn ve-
ritable dueil ;
Ie reuien mon Roger, pour vn der-
nier homage,
Ofrir encor ma vie aux piez de ton image ;
Ie vien sur ton tombeau redoubler mes clameurs,
Je reuien l'arouser de mes funebres pleurs,
Renouueler mes maux, agrauer le martyre,
Qu'vn regret eternel en mon esprit atire :
Voyez, ô mon enfant, où votre pere enclos
Reside maintenant , & n'a plus que les os :

Voyez mon cher soucy, voyez ma geniture,
Come tout est suiet aux loix de la nature:
Come nous viuons tous esclaues du destin,
Qui quand il veut, nous done à la mort en butin,
Deuant qui, les grandeurs sont ainsy que fumés,
Ondoyantes par l'air en vn rien consomées:
Aprenez mon enfant, de bone heure aprenez
Que nous somes naissans à la mort destinez:
Mais helas! que te sert, que sert ta vie extraite,
D'vn des plus grands heros que la terre regrette?
Que te proufitera ton pere genereux,
Que d'vn regret durable au tombeau funereux?
Entens, ô mon Roger, le phœnix de ta cendre,
Voy-le sur ton cercueil mile larmes épandre,
Voy Roger ton enfant, enten ton petit fils,
Que come l'heritier de ton malheur tu fis,
Helas! que fera-t'il orphelin de ta veuë,
(Ie meurs autant de fois qu'elle m'est ramentuë)
Que fera t'il priué de parens, & d'amis?
A qui sera le soin de son âge comis?
Tu me diras mon cœur (si l'onde stigienne,
N'empêche que ta voix iusques à moy paruienne)
Vy Bradamante, vy, ne te tourmente plus,
Cesse de me pleurer dans la tombe reclus,

Vy, vy, pour ton enfant, n'acourcy ma chere âme,
D'inutiles regrets ta languiſſante trame ;
N'abrege tes beaux iours, ne priue de ſoulas,
Ce petit nouriçon que tu tiens en tes bras:
O fole intention, ô freſle, ô freſle atente,
O femme miſerable, ô pauure Bradamante :
Coment? ainſy ſeroit ton ſoucy terminé?
Tu ſerois mon Roger à l'oubly deſtiné?
Le tems boureau des iours, tiendroit ma foy rauie,
Que iuſques au tombeau ie t'auois aſſeruie?
Ce ſeroit démentir ma premiere vertu,
Tenir deſſous le blâme vn cœur noble abatu ;
Come ſi ie t'aymois de quelque amour vulgaire,
Qui paſſe en vn moment come vne ombre légere,
Qui n'a de ſouuenir qu'vn preſe... apétit,
Qui au premier obiet fond petit à petit:
Non, elle n'eſt point telle, & l'épreuue paſſée,
T'a (ie croy) de l'eſprit cette crainte éfacée,
La mienne durera iuſqu'au dernier ſoupir,
Que le trépas viendra ma douleur aſſoupir.

NOVRICE.

Madame, vous devriez diſſiper ce me ſemble,
Ce cahos de douleurs que votre eſprit aſſemble:
N'eſt-ce aſſez lamenter? n'eſt ce aſſez déplorer,

Celuy que de reuoir ne poûuez esperer?
Que proufitent ces pleurs? que proufitent ces larmes?
Pour le ressusciter ce sont de foibles armes;
Pensez vous que vos cris paruiennent iusqu'à luy?
Simple de vous doner pour neâr tant d'ennuy;
Ie sçay bien quel regret vous portez de sa perte,
Mais las! elle ne peut vous estre recouuerte,
Vous auez acomply l'ordinaire deuoir,
Qu'vne femme pudique au mary doit auoir;
Il est mort, qu'y a il que la mort ne nous oste?
Il faut que les esprits retournent chez leur hoste;
Ainsy vous vous deuez quelque peu consoler,
Et de vos yeux batus la lumiere apeler;
Voyez votre petit, voyez l'image chere,
De votre beau Roger, qui succede à son pere;
Voyez coment le Ciel ne vous veut delaisser,
Qu'il vous veut par ce fruit ores recompenser,
Viuez pour luy Madame, & réprimez l'enuie,
De le rendre orphelin au prix de votre vie.

BRADAMANTE.

Que ie quite ce dueil, que ie quite helas!
Que ie t'oublie ainsy mon Roger, mon soulas,
Que ie rompe le cours du soucy qui me ronge,
Plutost le désespoir dans l'abîme me plonge;

Te

Te furuiure mon cœur, qu'auroy-ie merité?
Je me rendroy coupable en cette impieté,
Car quel crime plus grand apres l'ingratitude,
Que voir fouler aux piez ma sainte seruitude!
Non, non ie le veux suiure, & tandis que mes yeux
Pourront entretenir ce torent larmoyeux,
Ie le veux égouter, ie veux que ma poitrine,
Exhale des soupirs iusqu'à la mort voisine:
Sus donc recomençons en nos gemissemens,
Redoublons nos trauaux, redoublons nos tourmens;
Mais ie me pêne en vain autre âme de mon âme,
Las! en vain derechef ton saint nom ie reclame;
Il faut qu'vn sort pareil pour te reuoir bien tost,
Redone nos moitiez au cercueil en depost:
Aten donc mon amour, aten que ie te treuue,
Que ie passe apres toy l'Acherontide fleuue;
Et toy chere Nourice embrasse vn peu le soin,
De ce petit enfant à son plus grand besoin;
Tien luy place de mere, & quelque iour peut-estre,
Il poura ce bien fait liberal reconoitre;
Tu me seruis de mere, & tu feras au fils,
Ainsi come autrefois à la mere tu fis:
Car de moy ie ne puis dauantage suruiure,
Ie voy là bas Roger qui m'inuite à le suiure,

N

LA MORT

Ie te le recomande , adieu , ie voy la mort,
Ie voy déia Caron qui m'atend à son port;
Adieu mon cher enfant adieu, le cœur me serre,
De te laisser seulet orphelin sur la terre,
Baise-moy mon enfant pour la derniere fois,
Premier que mon esprit s'enuole auec la voix;
Tu ne vérasiamais ton pere, ny ta mere,
Ie te laisse chétif en bute à la misere ;
Adieu, ie n'en puis plus , aten-moy mon Roger,
Mon esprit de ce cors est prest à déloger;
Adieu chere Nourice, adieu belle lumiere,
Je ne vous véray plus recluse dans la biére.

PAGE.

Nourice, elle se meurt, voyez luy la couleur,
Changée en vn moment en extrême pâleur;
Maniez-luy le pouls sans doute elle est passée.

NOVRICE.

C'en est fait, elle est morte , ô fortune insensée,
O accident funeste, étrange changement,
O du Ciel coléré trop rude chatîment :
Adieu temple de gloire , adieu beauté du monde,
Adieu tout l'ornement de la machine ronde;
Ce cors iadis l'honeur de cét ample Vniuers,
Ne sert plus à present que de pâture aux vers;

Ne reste désormais qu'une imobile pierre,
Vn tronc qui ne respire à present que la terre ;
Qui ne demande plus qu'un triste monument ;
Pour acomplir l'éfet de son comandement ;
Que i'executeray , si la parque bourelle,
Ne préuient mon deuoir me métant auec elle ;
Alons donc, mais i'enten quelqu'un dedans le bois
Acourir ce me semble aux accens de ma voix.
Helas ! qui que soyez suruenus à ma plainte,
Que de iuste douleur votre âme soit ateinte :
Aprochez mes amis, & si quelque pitié,
Vous peut toucher au vif d'une sainte amitié,
Ietez les yeux à bas , & regardez par terre,
Ce couple infortuné que le malheur aterre.

PAGE.

Helas ! mes bons amis , aydez nous au besoin,
Ayez des afligez vn pitoyable soin.

1. BERGER.

O spectacle mortel , ô accident étrange,
He ! quel sort importun en cét état vous range ?
Dites-nous, quel malheur vous contraint lamenter,
Et en quoy nous pouuons ores vous assister.

2. BERGER.

Faites-nous en deux mots le discours de l'affaire,

LA MORT

Et nous vous promettons de bon cœur de le faire.

NOVRICE.

Helas! & qui pourroit sans redoubler les pleurs,
Déclarer le motif de nos cuisans malheurs?
La Dame que voyez le butin de la parque,
Fût femme d'vn grãd Roy que la Frãce remarque,
Bradamante est son nom, celuy de son mary,
Fut Roger Paladin de Charles fauory:
Or come la vertu n'est iamais sans enuie,
Ganes dressa bien-tost des pieges à sa vie;
Acompagné des siens le fit tuer icy,
Où vous voyez encor ce sepulcre obscurcy:
La miserable Dame aussi tost auertie,
A vengé sur l'auteur sa moitié départie:
Puis venuë en ce lieu pour honorer ses os,
A fait mile regrets poussé mile sanglos,
Tant qu'vn dernier soupir de douleur emportée,
L'a fait ceder aux dars de la mort indomtée:
Mais estant sur le point de rendre les abois,
Elle se deliura du petit que tu vois,
Et ne pouuant suruiure à cette pêne dure,
Come de mon enfant m'en enchargea la cure;
Ainsy ce couple saint, de valeur, de beauté,
S'est iusques au cercueil gardé la loyauté;

Ainſi mes bons amis vous voyez l'infortune,
Qui fut à ces amans également comune.

1. BERGER.

O miſerable ſort, déplorable grandeur,
Eſt-il rien icy bas comparable à notre heur?
Que vous ſert pauures gens la richeſſe mondaine,
Puis qu'en vn tourne main la parque vous entraine,
Que ſert de conquerir tout ce large Vniuers,
D'enfler vos dignitez de cent honeurs diuers,
Expoſer votre vie à la mercy des ondes,
Aler en mile endroits chercher des autres mondes,
Empieter tant de lieux, & dedans & dehors,
Puis qu'il en faut ſi peu pour inhumer nos cors.

NOVRICE.

Aydez nous donc amis, aydez ie vous ſuplie,
Qu'elle ne reſte point ſans eſtre enſeuelie,
Et puis qu'ils furent ioins parauant le trépas,
Deux tombeaux à preſent ne les ſeparent pas:
Qu'vn même monument, même lame funebre,
Enferme ce beau couple en vertus ſi celebre.

FIN.

N iij

ANDROMEDE

DELIVREE

Intermede.

ARGVMENT DE CET
Intermede.

Ndromede fille de Cephée Roy d'Ethiopie, & de Caſſiope, fut atachée à vn rochet par le comandemét de l'Oracle de Iupiter Ammen, & expoſée à la mercy d'vn monſtre marin, pour apaiſer le couroux des Nercides qui l'auoient enuoyé rauager tout le païs en haine de la vanité & préſomption de Caſſiope ſa mere qui s'eſtoit glorifiée de ſurpaſſer toutes ces Nymphes en beauté: dont Perſée fils de Iupiter & de Danaë, ayant été auerty, paſſant par l'Ethiopie, touché d'amour & de pitié, il entreprit de la deliurer, la voyant en telle extremité, ſur la promeſſe que Cephée & Caſſiope, ſes pere & mere luy firent de luy doner en mariage, au cas qu'il l'a pût deliurer de la mort: ce qu'eſtant acordé entr'eux, il vint à bout de ſon entrepriſe; combatit le monſtre, & le tua. Cela fait les noces ſe

preparerent. Or Cephée deuant que fa
fille Andromede eut été expofée à ce
monftre marin, par l'ordonance de l'O-
racle, l'auoit promife & fiancée à fon frere Phinée, oncle paternel de la fille, lequel indigné de voir qu'vn étranger luy
fût preferé, furuint inopinément au banquet, affifté de tous fes amis, & de grand
nombre de gens armez pour la rauir. Il y
eut vn furieux combat, & plufieurs de
part, & d'autre furent laiffez fur la place;
Toutefois le grand nombre l'emportât,
en fin fur la valeur de Perfée, il eut recours à la tefte de Medufe qu'il leur mit
deuant les yeux, & par ce moyen Phinee
fut conuerty en rocher auec tous ceux de
fa compagnie.

LES ACTEVRS.

CEPHEE.

ANDROMEDE.

CASSIOPE.

PERSEE.

CHOEVR de Peuple.

MESSAGER.

PHINEE.

TESSALE.

AMPHIX, & leurs Soldats.

ANDROMEDE
DELIVREE.
INTERMEDE.

ACTE PREMIER.
CEPHEE, ANDROMEDE, CASSIOPE, PERSEE, CHOEVR DE PEVPLE, MESSAGER.

SCENE I.
CEPHEE, ANDROMEDE, CASSIOPE, ET LE PEVPLE.
CEPHEE.

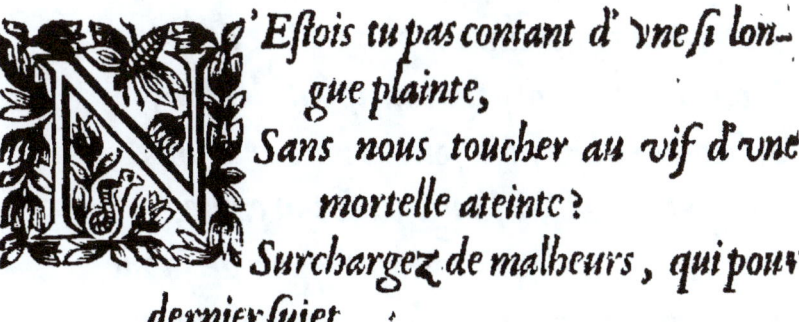

N'Eſtois tu pas contant d'vne ſi lon-
    gue plainte,
Sans nous toucher au vif d'vne
    mortelle ateinte?
Surchargez de malheurs, qui pour
dernier ſujet

De ta rage, n'auons que la mort pour objet ;
Grand Dieu, que t'auoit fait l'infortuné Cephé
Ta passion, deuoit s'adoucir étoufée
Dans la perte des miens, où tu deuois cruel,
Amortir par ma fin ce feu continuel;
Tu deuois t'ataquer à l'auteur de l'ofence;
Le droit ne te permet d'oprimer l'inocence ;
Nous somes ses fauteurs, partisans du forfait,
Ce n'est point sa beauté coupable qui l'a fait ,
Ce n'est elle, & pendant, (ó sentence bourelle,)
Pour assouuir ta haine, on la rend criminelle,
Par force on la rauit de ces bras paternels ,
Précipitant ses iours aux abois eternels :
Non content, tu nous rens instrumens de ta rage,
C'est nous qui la liurons au plus beau de son âge,
C'est nous qui pour soûler ton indignation,
Somes témoins élus de son afliction ;
Darde, darde plutost l'éclat de ton tonerre,
Bany-nous aux climats plus cachez de la terre,
Contente à nos dépens ton apétit glouton,
Esclaues reduy-nous sous les loix de Pluton;
Du pris de nostre sang apaise ton enuie,
Et fay luire sur nous quelque espoir de sa vie,
Tu es sourd à nos cris , la fureur qui te point,

Pour se calmer, nous veut reduire au dernier point :
Nous alons grand Ammon ta sentence parfaire,
Ton oracle, & tes vœux nous voulons satisfaire,
Contente-toy de nous, laisse les innocens,
Et ne tache ton nom du sang des impuissans ;
Quelle confusion ; la nouuelle couruë
Entre le peuple, émeut la rumeur par la ruë,
Ces soupirs redoublez auantcoureurs du sort,
Me font iuger, bons Dieux! c'est la trouppe qui sort,

ANDROMEDE.

Ces regrets ne font rien que rengreger mes pênes ;
Vne mer de soupirs, mile complaintes vaines,
N'étrangeront le sort de ma calamité ;
Le cours de mon destin, par le sort limite
A touché sur le point plus fatal de son heure :
En la condition d'une attente meilleure,
Ma fortune me plaist, ie ne voudroy changer.
N'estimez que la peur de ce proche danger
Done coup à mon âme, & qu'elle soit ateinte,
Par l'apréhension d'une nouuelle crainte ;
Ie fay teste au malheur, & mes desseins plus fors
Vainceurs triompheront ce iour de ses éforts,
Courage mes amis, armez vous d'esperance,
Voilez vos passions du bandeau de constance,

Donez trêue aux regrets, & d'vn meilleur accent,
Autorisez les vœux du Monarque puissant ;
Ce iour vous est fatal, les Nymphes ofensées,
Ne vous garderont plus de mauuaises pensées,
Tout se calme à ma perte, & le pays remis,
Ne craindra la fureur des moindres ennemis:
Heureuse mile fois, puis qu'vn grand Dieu me trie,
Pour r eleuer l'espoir perdu de la patrie,
Alons, le diférer me deplaist,

CASSIOPE.

Mon espoir,
Ta constance me fait mile maux receuoir,
Tes desseins resolus me sont autant de gênes,
Ton desastre ne fait que rengréger mes pénes:
Helas ! que ie te perde, & qu'vn sanglant trépas,
Violente tes iours, & ie ne meure pas,
Qu'estant cause du mal, qu'ayant comis l'ofence,
Ie te suruiue helas ! sçachant ton inocence,
Ie mouray parauant, c'est par trop se douloir
Ie mouray.　　CEPHEE.

Mes amis, détournez ce vouloir,
Prenez garde, empéchez, la fureur la manie,
Réduite à la mercy d'vne forte manie ;

Otez là, que l'ennuy furchargeant fes douleurs,
Ne nous caufe vn renfort de trifteffe, & de pleurs.

Là Andromede eftatachée au rocher.

SCENE II.

PERSEE, CEPHEE, ANDROMEDE, CHOEVR DE PEVPLE, MESSAGER.

Perfée monté fur le cheual Pegafe.

 *Eu de compaffion au milieu de ma*
    courfe,
Ie vien de tes regrets tarir icy la
    fource,
Adoucir ta complainte, & par vn
promt fecours,
Seruir à tes beautez d'azile, & de recours:
Informé du fuiet, guidé de mon courage,
Ie m'ofre à garantir le pays de naufrage,
Te redoner la vie ; & aux tiens éperdus,

Le bon-heur de ioüir de leurs plaisirs perdus,
Ie ne tente indiscret vne telle entreprise,
Car tout ce que ie veux, ma valeur l'autorise,
Ma vertu le consume, & le bruit de mon nom,
N'est moindre en son éfet, que grand en son renom,
Ie ne cherche de vous pour toute recompense,
Que l'obiet qui m'anime à prendre sa défence.

CEPHEE.

Guerrier, qui que tu sois, si ton afection,
Te porte à rechercher cette condition;
Si tu t'ofres de cœur, deuant tous ie proteste,
Te cherir come gendre; & ta valeur i'ateste,
Qu'ingrat de tes bien fais, notre déloyauté,
Ne t'ôtera le pris du guerdon merité,
Déploye ta vertu, que cét espoir enflâme,
Et sois certain d'auoir Andromede pour femme.

ANDROMEDE.

Ne vous précipitez, qu'vn repentir trop tard,
Ne vous touche de voir votre vie au hazard;
Ne flatez vos desseins de l'espoir d'vne gloire,
Ne pensez triompher du fruit de la victoire,
Vn remors vous poursuit, & talone vos pas;
Constante laissez-moy receuoir ce trépas:
Si l'Oracle a voulu que seule on m'ait choisie,

Que

Que ce soucy n'ait place en votre fantaisie,
N'enuiez ma fortune, & ne forcez le sort,
De retrancher vos iours par vne promte mort ;
Mais le monstre des eaux sort la teste baissée.

PERSEE.

Remettez vostre espoir sur le bras de Persée.

COMBAT.

CHOEVR de Peuple.

O courage inuincible, ô Cheualier parfait ;
A péne que du coup le monstre n'est défait.

CEPHEE.

Ie ne croy point qu'vn Mars ne se cache en ce sarmes.

CHOEVR de Peuple.

Il bronche, il ne peut plus soutenir ses alarmes,
Il luy a trauersé deux où trois fois le cœur.

CEPHEE.

Courage, c'en est fait, il retourne vaincœur:
Inuincible guerrier, suport de notre race,
Espoir de nos vieux ans, que cent fois ie t'embrasse;
Que i'honore ce bras, ce bras victorieux,
Qui vient d'éxécuter vn fait si glorieux;
Ie suis insusisant de doner à ta gloire,
Les loüanges que peut meriter ta victoire;
Mais au defaut, vn cœur de bonté reuestu,

O

A l'immortalité grauera ta vertu;
Echangeons en hymen les froideurs d'vne tombe,
De mile vaux ofrons aux Dieux vne hecatombe,
Marquons ce iour de blanc, le peuple raßûré,
Portera votre los au lambris azuré:
Alons mon fils, alons doner trêue à nos larmes,
Confoler le public, & mettre bas les armes.

PERSEE.

Grand Roy, rafferénez ce vifage, & ce front,
Aßûré de iamais ne receuoir d'afront,
Voftre vertu s'aquiert vn heros, qui fe vante,
De porter vous feruant aux plus fiers l'épouuente,
Qui fecondé de vous, fous fes exploits diuers,
Fléchira la rondeur de ce large Vniuers;
Mon courage le peut, le lieu de ma naißance,
Facilite l'efpoir, come la ioüißance;
Iupin qui me conçeût entre les bras aymez
De Danaé, foutient mes deßeins animez,
Comandez feulement.

MESSAGER.

la Reyne impatiente,
Sire, ne fe veut plus contenter de l'atente,
Vn chacun vous atend, & les diuins Autels,
Ne refpirent que vous pour plaire aux immortels,

Le peuple qui s'émeut ne croit en l'aparence,
Ne le retenez plus en son impatience,
Contentez son desir, curieux de revoir,
Celuy qui leur a fait tant de bien receuoir.

CEPHEE.

Alons mon fils, l'ardeur tellement les agite,
Que le bien de te voir leur desir précipite,
Contentons leur vouloir, d'autorité ie veux,
Que tu prennes ce iour les âres de leurs vœux;
Que ma fille, & les miens obligez de la vie,
Contentent les proiets conclus de ton enuie,
Ma courone t'atend, & mon état remis,
Se veut défengager de ce que i'ay promis.

ACTE SECOND.

PERSEE, ANDROMEDE, MESSAGER, PHINEE, THESSALE, ET AMPHIX.

SCENE I.

PERSEE, ANDROMEDE, MESSAGER
PERSEE.

Qui ne l'ût entrepris, abatu de courage,
N'ût resenty les traits puissans de ce
visage,
Dépourueu de valeur, autant que de pitié,
Insensible aux regrets, eût manqué d'amitié;

Si toſt que le bon‑heur guidant mon entrepriſe,
M'ût rauy vous voyant ma premiere franchiſe,
De mile nœus d'amour eût ma courſe arété,
Et pris en ſes liens l'heur de ma liberté;
Dez l'heure ie réſoûs au peril de ma teſte,
De me faciliter l'honeur de la conqueſte,
De vaincre, où de mourir, eſtimant mon deſtin
Trop peu, pour s'honorer d'vn ſi riche butin;
La victoire me fut trop facile, en l'Idée,
De ta beauté, qui ſeule a ma force guidée;
Ton œillade animoit mes deſirs, les atraits,
De ton pourtrait aymé, m'étoient autant de traits;
Ses éforts furent vains, ſa rage fut ſéduite;
Bref, ie reſtay vaincœur ſous l'heur de ta conduite;
Le Ciel me ſoit témoin, protecteur de ma foy,
Que la crainte iamais ne s'empara de moy;
Qu'au fort de mon eſpoir i'uſſe ceſsé de viure,
Pourueu qu'apres ma fin tu me pûſſes ſuruiure;
Que content ſeulement d'obliger tes parens,
Ma perte t'ût remis l'état que ie te rens;
I'ay dégagé ma foy, c'eſt à toy ma Deeſſe,
Gratifiant mes vœux d'acomplir ta promeſſe.

ANDROMEDE.

Obligée enuers toy de la vie, mes vœux,

Ne peuuent respirer sinon ce que tu veux ;
Ie ne puis réuoquer la parole donée,
Ie ne sçaurois courir meilleure destinée,
T'estant come ie suis redeuable, i'aurois
Vn reproche éternel si ie me pariurois ;
Mais la perseuerance est icy trop requise,
Ta vaillance au surplus ne l'a que trop aquise,
Contente du bon heur de ma condition,
Ie me range à l'abry de sa protection.

PERSEE.

Phâre de mes desirs, miracle des miracles,
Tes discours amoureux me sont autant d'oracles,
Sur la base éleué de mon contentement,
A present ie puis donc come parfait amant ;
Sous l'espoir des douceurs de vostre bien ueillance,
Me promettre les fruits de votre ioüissance,
Toucher ce dernier point, ha ! coupable Ixion,
Ce seroit releuer de ta présomption,
Ie meurs y repensant, & mon âme peu forte,
En ce ressouuenir vagabonde s'emporte.

ANDROMEDE.

Ie ne sçache plus rien que ton bras n'ayt conquis,

PERSEE.

Ha ! Madame, ce bien ne me peut estre aquis.

ANDROMEDE.

Parlez sans passion,

PERSEE.

Mon amour violente,

Force mon naturel,

ANDROMEDE.

Esperez en l'atente,

Patientez vn peu, auez-vous reconu,
Mon cœur autre que franc, & d'inconstance nu?

PERSEE.

Madame, pardonez l'excez de mon martyre
Violentant mes iours, l'impatience atire,
Ie suis prest de lauer mon ofence;

ANDROMEDE.

Mon cœur,

Ie puis à iuste droit te nomer mon vaincœur;
Come tel, tu peux bien triompher de ta prise,
Assûre-toy de moy,

MESSAGER.

Valeureux fils d'Acrise,

On blâme ce séiour, même sa Maiesté,
T'atend impatiente au banquet apresté,
Les Autels préparez pour la ceremonie,
N'atendent plus que toy, on entend l'harmonie,

iiij

ANDROMEDE.

De mile tons diuers éclater ton beau nom,
Entoner tes hauts faits, ta gloire, & ton renom;
La comune s'émeut du renfort de la ioye,
Et luy tarde beaucoup que son prince elle voye.

PERSEE.

Ie te suy mon amy, ie n'ay moins de desir,
De l'acomplissement de ce nouueau plaisir;
Alons ma belle, alons.

ANDROMEDE.

Ie le veux mon Persée,

A ce coup ton amour sera recompensée.

MESSAGER.

Vn iour luy dure vn mois, c'est vn siecle de tems,
Que le retardement de ce doux passetems;
Mon message luy plaist, le fait de prez le touche;
Desireux de tenter l'amoureuse escarmouche.

SCENE II.

PHINEE, TESSALE, ET AMPHIX.

PHINEE.

Oment ? sera-t'il dit qu'vn perfide
  étranger,
Qui reste des malheurs se vient icy
  ranger,
Dépourueu de valeur autant que de
courage,
Se vante d'emporter sur nous cét auantage ?
Qu'il se présume au bout de ses pretentions ?
Qu'il soit recompensé de ses afections ?
Et que sous vn semblant trompeur de sa vaillance,
Il se treuue honoré d'vne telle aliance ?
Il moura, ie ne veux que ce bras seulement,

Pour le priuer bien toſt de ce contentement ;
Qu'vn éguillon d'honeur enfle votre ieuneſſe,
Si la crainte ne fait tort à votre nobleſſe,
Si ne degenerans de vos premiers parens;
Vous reſſentez encore, & votre eſtre, & vos rans,
Qu'on me ſuiue , & tournât la pointe de nos armes,
Contrepointons leurs ieux de l'éfroy des alarmes;
Empéchons leurs deſſeins, qu'hymen, & ſon flâbeau,
Reſſentent les froideurs d'vn funebre tombeau ;
Vous obligez les miens , vous déliurez la terre,
D'vn ſerpent, d'vn flambeau qui luy liure la guerre,
Qui rogue ſe fiant au ſuport paternel,
Soûle ſes paſſions, & ſe rend criminel;
Done à ſes apétis le ſang , & la vengeance,
Ennemy capital iuré de la clemence:
Fondons ſur ce brigand, & forçant ſon deſtin,
Echangeons en douleurs les plaiſirs du feſtin;
Courage mes amis , ceſte peſte aſſoupie,
Remet en ſon état premier l'Ethiopie ;

TESSALE.

Croirois-tu que les tiens d'vn courage abatu,
Manquaſſent au beſoin de force & de vertu ?
Ne le préſume pas , nous te faiſons eſcorte,
Suiuez-moy, de ce pas ie vay foncer la porte,

Me baigner dans son sang, & petit à petit,
De son cœur araché soûler mon apétit:
Perfide tu peux bien rechercher ton remede,
Dans les embrassemens de la belle Andromede,
Elle te garentit aussi bien que ces Dieux,
Qui te donérent l'estre, ô barbare odieux,
Tu n'aurois l'infamie air si que le reproche,

AMPHIX.

C'est assez, reseruons à la premiere aproche,
Ces fortes passions, & le complot parfait,
Laissons-là les discours, pour venir à l'éfet,
Balançons nos desseins dessur la préuoyance.

PHINEE.

Mes amis, ie remets tout en votre vaillance,
Demain tenez-vous prests, & que sur le matin,
L'on remplisse d'éfroy la noce, & le festin,
Et si quelqu'vn de vous à l'âme tant osée,
(L'ennemy terrassé) d'enleuer l'épousée,
Amy de ses vertus, obligé du bien-fait,
Ie le guerdoneray d'vn acte si parfait.

TESSALE.

Grand Prince, assûrez-vous qu'il ira de ma vie,

Où ie contenteray par éfet voſtre enuie.

AMPHIX.

Monſang, vous fera foy de mon afeƈtion,

PHINEE.

Adieu, ne manquez pas à l'aſſination.

ACTE TROISIEME.

CEPHEE, PERSEE, CASSIOPE, PHINEE, TESSALE, AMPHIX, LEVRS SOLDATS, ET ANDROMEDE.

SCENE I.

CEPHEE, PERSEE, CASSIOPE, ET ANDROMEDE.

CEPHEE.

Rere vnique de *Mars*, phœnix
de la vaillance,
Dont les rares vertus, gagnent la
bien-veillance
Des haineurs plus cruels, qui forcez de ton nom,

Sont contrains de ceder au bruit de ton renom :
Rauis de tes bien-faits , obligez à ta gloire,
Nous t'ofrons le loyer promis à ta victoire ;
La recompense est peu , au regard du secours ,
Qui au fort de nos maux nous seruis de recours,
Auise qu'il te plaist , d'antorité comande,
Nous nous sentens heureux d'acorder ta demande.

PERSEE.

Que ne puis-ie marquer à la posterité ,
Les ôtages certains de ma fidelité?
Qu'vn signalé trépas , secondant mes seruices,
Ne peut-il s'égaler à tant de benefices ?
Tu conoitrois grand Roy, qu'en pareille action,
Vn Persée est aquis à ta deuotion ;
Qu'entier en ses efets , autant qu'en ses promesses,
Il se sent obligé au bien de tes caresses.

CEPHEE.

C'est nous vaincre deux fois , on ne sçauroit douter,
Des courtoises vertus d'vn cœur qui sçait domter,
Inuincible en honeur, come grand en courage,
Vous voulez obtenir sur nous cét auantage ;
Nous vous cedons vaincus l'honeur de ce debat;
Vn autre diferent vous apelle au combat,
Voicy, qui se promet d'épouser ma querelle,

Ne la refusez point , l'honeur vous y apelle ;
Qu' vne rouge pudeur ne cólere ce front,
N'auez-vous pas dequoy vous venger de l'afront ?

CASSIOPE.

Elle ne mendîra le secours de persone,
Contente du pouuoir que nature luy done ;
Ie m'ose bien vanter que sur ce diférent,
L'ennemy le plus fort la victoire luy rend.

PERSEE.

Sire, pardonez-moy , i'ay pour ma défensiue,
Les armes, & le cœur contre son ofensiue.

CEPHEE.

Chacun à qui mieux , mieux, faites votre deuoir,
Sans rougir n'auez-vous dequoy le receuoir?

PERSEE.

Ce vermillon ne sert que de lustre à sa grace.

CEPHEE.

Que sur ce diférent chacun prenne sa place,
Que les ieux, & les ris, honorent ce sé tour,
En l'acomplissement solennel de ce iour.

SCENE II.

PHINEE, TESSALE, AMPHIX, ET
LEVRS SOLDATS.

PHINEE.

IL est tems, il est tems, que la teste
baissée,
Nous nous précipitions dans la tour-
be insensée;
Il est nostre à ce coup, c'en est fait, il
est pris,
Je le voy terrassé aussi tost que surpris;
S'ils s'ingerent pourtant de soufrir nos alarmes,
Tuez, n'épargnez rien, passez tout par les armes,
Quiconque manquera, ie le tien pour suspect,
Ayez les yeux bandez à tout autre respect.

TESSALE.

Nous somes tous résoûs, nostre brigade est preste,
De vous rendre vaincœur, ou d'y laisser la teste.

Amphix

AMPHIX.

Nos courages hardis seruiront de remparts.

PHINEE.

Chacun se tienne prest, & que de toutes parts
Les soldats aguerris gardent les auenuës,
Que nos pretentions ne soient point préuenuës;
Rangez-vous, qu'on ne soit aduerty de l'aprest,
Et que chacun de vous au moindre bruit soit prest.

SCENE III.

& derniere.

CEPHEE, PHINEE, PERSEE, TESSALE, AMPHIX, ET LEVRS SOLDATS, CASSIOPE, ANDROMEDE, ET TOVS LES INVITEZ AV FESTIN.

CEPHEE.

Velle rumeur s'épand? qui s'é-
meut dans la sale?
Phinée acompagné du genereux
Tessale,
Ne vient point sans suiet , à sa
reception,

Ne bougeons incart...las de son intention.

PHINEE.

Prince indigne du nom , indigne de l'Empire,
Gouuerneur d'vn public qui sous tes loix soupire,
Partisan d'iniustice , ennemy des vertus,
Dont les Princes bien nez paroissent reuétus:
A ta face , ie vien purger ma conscience,
Te reprocher ingrat,

PERSEE.

C'est trop de patience,
Sire , permettez- moy.

CEPHEE.

Tout beau , cét insensé,
S'acusera tantost de m'auoir ofensé,
Acheue en peu de mots, ie m'en vay te répondre.

PHINEE.

Ie te veux reprocher que m'ayant fait semondre
D'épouser cette ingrate,

PERSEE.

Hé ! quoy sans ressentir
Il nous ofencera ?

PHINEE.

I'y voulus consentir,
Vaincu de ses apas , come de tes paroles,

Et maintenant ta foy pariure tu violes,
Dénigrant mon pouuoir, & ma condition,
Tu te laisses domter par vne passion,
L'heure de me venger maintenant est venuë;
Or d'autant que de tous ta malice est conuë,
Ie parle à toy paillard, les tourmens aprestez,
Seront les punisseurs de tes méchancetez;
Busire plus sanglant i'inuente des tortures,
Pour punir d'vn exces vengeur tes impostures,
Tu ne peux maintenant retourner sur tes pas,
Ne te pense impuny garentir du trépas.

PERSEE.

Ie ne recule point, ma dextre vengeresse,
Te fera remâcher ta parole traitresse,
l'ay doublement conquis, ie suis le possesseur
Legitime :

PHINEE.

Tu ments pariure rauisseur.

CEPHEE.

Où courez-vous Phinée ? arétez, où moy. même,
Ie seray le vengeur de l'impudence extrême;
Empécher mes desseins, & sous fausse couleur,
Vouloir contrepointer l'exces de sa valeur,
Est-ce là le guerdon qu'il reçoit de sa pêne ?

P ij

PERSEE.

Sire, retirez vous, la remontrance est vaine,
Mon courage ne peut suporter ce forfait,

Combat.

CEPHEE.

Acourez citoyens, vostre Prince est défait,
Armez vous promtement, empéchez la surprise.

TESSALE.

Teste icy compagnons, suiuons nostre entreprise.

PERSEE opposant la Meduse.

Canailles, pensez vous que ie manque de cœur?
Tessale, reconoy l'éfet de ton vaincœur.

Il est changé en pierre.

PHINEE.

Où fuiray ie chétif, ma force est défaillie.

AMPHIX.

De l'apréhension mon âme est assaillie,
Le sprêtre de la mort me poursuit pas à pas.

Il se change en pierre.

PERSEE.

Tu ne peux par la fuite éuiter le trépas.

PHINEE.

J'implore la faueur de ta misericorde,
Prince, que ta bonté maintenent me l'acorde.

PERSEE le changeant en pierre.

Ressens que vaut l'éfort de ta temerité,
Et reconoy ta faute en cette extremité,
Ces poltrons éfrontez, cette vile canaille,
Surpris d'étonement au fort de la bataille,
Nous ont quité la place, & d'vn tard repentir,
Ont conu ma valeur promte à se ressentir :
Auertissez le Roy, tirez-le de sa crainte,
Que cette émotion ne luy done vne ateinte,
Il vient tout à propos.

CEPHEE.

Prince victorieux,
Que les Dieux immortels conseruent curieux,
Protecteur du pays, suport de ma persone,
Inuincible, reçoy l'ofre de ma courone,
Doublement elle est tienne, elle n'a d'heritier,
Qu'on luy puisse assortir d'vn vouloir plus entier,
Ton genereux courage, ainsi qu'vn autre Alcide,
A purgé le pays de ce monstre homicide,
Retirons-nous d'icy ; qu'en cette émotion,
Ne se puisse brasser quelque sedition,
Et que ses partisans renforcez dauantage,
Ne troublent le repos de ce sainct Mariage.

FIN.

ATHAMAS
FOVDROYE'
PAR IVPITER.

Intermede.

ARGVMENT DE CET
Intermede.

Thamas fils d'Æole, Roy de Thebes, épousa en secondes noces Ino, fille de Cadme, & d'Harmonie, tante, & nourice de Baccus, qui glorieuse de cét honeur, & de la grandeur, tant du Roy Athamas son mary, que de ses enfans ; vantant par tout sa puissance, augmenta tellement l'enuie, & le couroux de Iunon, qui auoit iuré la ruine de la maison de Cadme son pere, que continuant ses vengeáces contre ses filles, apres auoir puny Agaue en la mort de Penthée, Authonoé en celle d'Actéó, & Semele en la faisant consomer par la foudre de Iupiter, pour punir Ino qui étoit la quatriéme, elle arma l'vne des furies d'enfer contre elle, & Athamas son mary, qui le fait entrer en telle rage, que voyant Ino s'aprocher de luy, il l'a poursuit come vne lione, prenant ses fils pour

des lionceaux , & ayant araché le petit
Learque d'entre ſes bras, luy briſe la teſte contre vne pierre , & en vouloit
faire autant de ſa femme Ino ; mais elle
tranſportée de pareille fureur, ſe précipi-
ta auec ſon autre fils Melicerte, du haut
d'vn rocher dans la mer , où Neptune
touché de pitié, à la priere de Venus ſon
ayeule, les reçeut au nombre des Dëitez
marines , Ino ſous le nom de Leucothée,
& Melicerte ſous celuy de Palemon.
Athamas continuant ſes furies auec mile
imprecations contre les Dieux , eſt fou-
droyé par Iupiter, pour l'expiation de ſes
blaſphêmes, & de ſa preſomtion.

LES ACTEVRS.

IVNON.
TISIPHONE.
ATHAMAS.
INO.
MELICERTE.
VENVS.
NEPTVNE.
IVPITER.

ATHAMAS
FOVDROYE'
PAR IVPITER.
INTERMEDE.

ACTE PREMIER.
IVNON ET TISIPHONE.
IVNON.

Ve fans punition i'endure ces bra-
uades?
Qu'vne Rêne des Dieux foufre
ces algarades ?   (front,
Que i'ēdure ce tort? qu'ō life fur mon
Les fignes éuidens d'vn remarquable afront ?
Que fans m'en reffentir i'endure cét efcorne?
Ha! plutoft le Soleil fortant du Capricorne,

Guidera ses coursiers par vn chemin nouueau,
Trainant le chariot du nocturne flambeau:
Plutost soit du mortel ma Deité saisie,
Et me priue Iupin du droit de l'Ambrosie ;
Et plutost, & plutost mon frere, & mon époux,
Elance sur mon chef le feu de son courroux;
Qui pourroit voir Ino, sans boufir de colere,
S'ataquer à Iunon que Iupiter reuere?
A la sœur de ce Dieu, pere de tous les Dieux,
Qui peut d'vn seul clein d'œil faire crouler les Cieux?
Ce blaspheme soufrir d'vne femme brauache?
Ie n'ay le cœur si bas, ie n'ay l'âme si lâche;
Quoy? me voir ofençée, & ne m'en venger pas.
Plutost ma Deité soit suiete au trépas,
Et banie à iamais de la voûte étherée ;
Que ie sois pour toujours chez Pluton reserrée;
En la ville de Thebe, on voit la Deité
Du nouueau Dieu Baccus estre en autorité;
Et par tout de ce Dieu la maternelle tante,
Son souuerain pouuoir de place, en place vante;
Seule entre tant de sœurs, exemte de douleurs,
Sinon de celles-là que luy causent ses sœurs ;
Elle s'estime heureuse, & enfle son courage,
D'estre auec Athamas iointe par mariage;

D'en auoir des enfans, & d'auoir alaité,
En son premier berceau si haute Deité;
Non, non, ie puniray ta langue babillarde,
Que n'en puis-ie autant faire à ce fils de paillarde;
Qui a par son pouuoir changé des matelots,
Tous les Moëoniens ieté dedans les flotz,
Fait qu'vne mere a mis son propre fils en pieces;
Entouré d'ailerons nouueaux en leurs especes,
Trois Mineides sœurs; & moy ie ne pouray
Qu'endurer ce blasphême, & ne m'en vengeray?
Il aura tout pouuoir, & moy nulle puissance?
Non, non, ce beau bâtard me done conoissance,
De ce que ie dois faire: il est, il est permis,
D'aprendre à se venger même des ennemis;
Il me démontre assez par la mort de Penthée,
Que peut vne fureur ardemment iritée;
Ino, que n'as-tu donc ton esprit ofusqué?
Que n'as-tu jà le cœur de furie ataqué?
Non, non, assûre toy d'augmenter par ta rage,
Le nombre des malheurs de ceux de ton lignage:
Mais voicy le chemin, qui bordé d'if mortel,
Conduit par vn silence en l'infernal hotel,
Ie voy déia le Stix exhalant ses nuées,
Les ombres çà, & là, de leurs cors dénuées,

Errent confusément sans cors, sans sang, sans os,
Tourmentées toujours, sans paix, ny sans repos ;
Là i'aperçoy Tantale, à qui l'onde est fuyante,
Et la branche le suit sur la teste pendante ;
Sisiphe, sans repos, de ses coupables bras,
Monte, & remonte vn roc, qui soudain tōbe à bas ;
Téméraire Ixion, là ta rouë te vire,
Tu te suis, & te suis, au cours de ton martyre ;
Bref, c'est pitié de voir, de droit & de trauers,
Ces malheureux gênez de cent tourmens diuers :
Mais Sisiphe, pourquoy seul entre tant de freres,
Soufres-tu pour iamais ces cruelles miseres ?
Et ton frere Athamas de ses biens orgueilleux,
Possede come Roy des palais sourcilleux ?
Encore que luy mème, & sa femme insensée,
M'ait touiours sans respect par mépris ofensée ;
Qu'aten-ie ore donc plus d'en tirer ma raison ?
Tisiphone, à ma voix sors de cette prison,
Vien faire pour Iunon tout ce qu'elle desire,
Ino par toy ie veux, & sa maison détruire,
Ie veux voir Athamas de fureur tourmenté,
Au meurtre, & au carnage estre tost emporté ;
Apreste tes cordeaux, & tes chaines ensemble,
Tes poisōs, & tes foüets, tes feux, sous qui tout trēble.

TISIPHONE.

Il ne faut en discours te tenir longuement,
Deesse, tiens pour fait ce tien comandement;
Dans ce Royaume infet, plus long tems ne séiourne,
Laisse-moy le surplus, & dans le Ciel retourne.

IVNON.

N'épargne ny mary, ny femme, ny enfans,
Fay qu'ils soient tous bientost aux enfers palissans;
Si tu fais à Iunon vn plaisir tant insigne,
Assûre-toy d'auoir recompense condigne.

TISIPHONE.

Ce n'est pas le loyer qui me porte à ce fait,
Le plaisir que ie prens au malheur, au forfait,
A la rage, aux fureurs, aux meurtres, aux carnages,
Cela m'est plus plaisant, qu'aux soldats les pillages;
Ie m'en vay de ce pas apréter mes cordeaux,
Mes foüets, mes feux, mes fers, mes chaines, mes flã-
Mon poison composé d'écume de Cerbere,   (beaux,
D'aconit, de ciguë, & de l'eau mortifere
Du noir fleuue de Stix, du puant Phlegeton,
Bref des plus forts venins qui logent chez Pluton;
Vn de mes couleureaux instrument de la rage,
Armera d'Athamas le furieux courage
Contre son propre enfant, qui luy tendant les bras,

En pieces déchiré nous viendra voir çà bas ;
Cette arogante Ino, auec son Melicerte,
La fureur dans le flanc , d'vne roche deserte
Se précipitera, ainsy péris en l'eau,
La mer, & les poissons ils auront pour tombeau.

ACTE

ACTE SECOND.

ATHAMAS, INO, MELICERTE, ET TISIPHONE.

ATHAMAS.

'Argolide seiour n'a rien veu de
   semblable,
Ny ces Thebaines tours, n'ont rien
   tant admirable,
   Soit en race des Dieux, en biens, où
en honeur,
En grandeur, en vertu, comparable à nostre heur;
Car ce qui est posé de l'vn à l'autre pole,
Où flechit a ma voix, où tremble à ma parole;
Eloigné des malheurs de mon sanglant germain,
Qui fut de ses amis le meurtrier inhumain,
Ie suis seul qui comande à la Cité de Thebe,
Et malheureux il est tourmenté dans l'Erebe;

Q

Le fort ne fut iamais contraire à mes defirs,
I'ay depuis quarante ans iouy de mes plaifirs,
Toujours fauorisé des Dieux, de la fortune,
Qui ne me fut iamais autrement importune ;
Ino, vous le fçauez, mémes depuis le iour,
Qu'vn hymen termina le feu de noftre amour ;
Que dy-je terminer ? au contraire, peu fage,
Ce brafier dans nos cœurs s'aluma dauantage,
Ces beaux enfans, en font les gages affûrez,
Tel heur ne fe voit pas aux lambris azurez ;
Non, ie ne voudroy pas échanger cette terre,
A l'immortalité du Dieu darde-tonerre,
Car fa foudre n'eft rien au prix de mon bon heur ;
S'il m'excede en cela, ie le paffe en honeur,
Iupin comande aux Cieux, Neptun comäde à l'öde,
Et moy à l'étendu de cefte maffe ronde.

I N O.

Athamas, fouuien-toy, que depuis que ce Dieu,
Ce grand Dieu qu'à prefent on reuere en tout lieu,
M'ût de fa grace élu pour fa mere nourice,
Le bon-heur s'eft rendu preft à noftre feruice ;
Tout nous a profperé, tout s'eft montré pour nous,
En dépit de Iunon, & malgré fon couroux,
Baccus à nos defirs s'eft montré fauorable,

Et contre sa rancœur propice, & secourable,
Il nous a maintenu contre tous ses éforts,
Sa puissance est plus grande, & ses exploit plus forts.
Les éfets s'en sont veus aux trois sœurs Mineides,
A la mort de Penthée, aux nochers Mæonides,
Et qui plus est, ie croy que sa sainte bonté,
Au ton s'acordera de nostre volonté:
Qu'il nous secondera en nos desirs licites,
Punissant nos haineurs selon leurs démerites.

ATHAMAS.

Le croyez-vous auoir si grande autorité?

INO.

Gardez de blasphemer contre sa Deité.

ATHAMAS.

Pensez-vous qu'aucun Dieu ne l'excede en puissáce?

INO.

Iupin seul, d'autre Dieu ie n'ay la conoissance.

ATHAMAS.

Iunon, Mercure, & Mars?

INO.

                         Ils n'ont tant de pouuoir.

ATHAMAS.

Tout beau, vous pourriez biẽ leur couroux émouuoir.

Q   ij

INO.

Non, non, ie ne crain point l'ardeur de leur colere.

MELICERTE.

Hé! que voy-ie bős Dieux! las! cachez moy ma mere.

INO.

Melicerte, inuoquez Baccus mon nouriçon.

ATHAMAS.

Ie tremble de frayeur,

INO.

           Vne peur, vn frisson,
Me congele le sang, Dieux! le cœur me panthelle,
Ha! quel monstre infernal, ie tombe, ie chancelle.

TISIPHONE.

Iunon, c'est à ce coup que ton sanglant desir,
Sera dans peu de tems conforme à ton plaisir,
A ce coup tu verras de quel pié ie me porte,
Pour braue exécuter la fureur qui t'emporte,
Pour te rendre contente, & afin de punir,
Ceux qui à ton vouloir osent contreuenir.

ATHAMAS.

Quelle fureur d'enfer enuirone ma teste?

INO.

Baccus, preserue-nous de cette infame peste.

TISIPHONE.

Ne bouge, ces serpens choisis dans mes cheueux,
T'empêcheront Ino, le chemin que tu veux,
J'aporte quant & moy, de la nuit éternelle,
De mortelles poisons vne horrible sequelle ;
Des baues de Cerbere, aux gosiers infectez,
Du sang de l'hydre mort, des venins empestez,
De l'eau qui rend là bas tous les esprits stupides,
Et des sombres enfers les rages homicides.
Or pendant qu'ils ont peur, dans l'estomac des deux,
Vue i'élanceray ce poison veneneux,
Pour enflâmer d'horeur leurs entrailles profondes ;
En roüant mon flambeau par rondes dessur rondes,
D'vn tour de bras si prompt, que le feu, peu à peu,
Vn cercle ardent fera, le feu suiuant le feu ;
C'est fait, tout est à nous, ie suis victorieuse,
Ie m'en vay deualer en la prouince creuse
Du Monarque infernal, mais en m'en retournant,
Remportons le serpent que i'ay pris en venant.

ATHAMAS.

Quelle rage me tient ? quelle Erynne infernale,
Anime contre moy ma valeur inégale ?

INO.

Bons Dieux ! quelle fureur possede mon mary.

ATHAMAS.

Ils se sont donc sauuez, ha! que ie suis mâry;
Alons, courons apres, pour leur broyer la teste,
Auançons mes amis, i'ay aperçeu la beste,
A moy, çà compagnons, qu'on apreste les rets,
Tendez-les, au milieu de ces sombres forests,
Icy, i'ay découuert vne grande Lione,
Qui alaitoit deux sans son engeance felone.

INO.

Athamas que fais-tu?

ATHAMAS.

Ie tien ià le petit,
Ie veux le déchirant souler mon apétit.

Là, il brise la teste de Learque son fils.

INO.

O barbare cruel, quelle sanglante rage,
Contre ton propre enfant t'anime le courage?
Melicerte, il te faut de sa rage esquiuer.

ATHAMAS.

En vain de ma fureur tu penses te sauuer,
Compagnons, mettez-vous au milieu de la sente,
Moy, ie m'en vay l'atendre au bas de la décente;
Ha! traitres, vous tâchez en vain de m'échaper,
Soldats, où vifs, où morts, il les faut atraper,

Ha ! sans doute i'ay veu passer le Capitaine,
Alons, courons apres, mais ma poursuite est vaine,
Ie m'en vay de ce pas r'alier mes amis,
Puis rejoins nous pourons vaincre nos ennemis ;
Sus, creuons sous le faix, où emportons la place,
Ha ! ie les voy passer, suiuons-les à la trace.

Q iiij

ACTE TROISIEME.

INO, MELICERTE, VENVS, ET NEPTVNE.

SCENE I.
INO, MELICERTE.
INO.

Etirez vous de moy, demons, rages,
    fureurs,
Vous soulerez vous point de me com-
    bler d'horreurs?   (Megere,
    Ne me poursuiuez plus , retire-toy
Où bien tu sentiras l'ardeur de ma colere;
Ton immortalité ne t'empéchera pas,
Que ma sanglante main ne t'enuoye au trépas:
Mais qui sont ces meurtriers, qui cherchēt ma ruine?

Paricides boureaux, ô impiteuſe Erynne,
Me voulez-vous aler ſans ceſſe meurtriſſant ?
Et la fin de ma vie en ma mort pourchaſſant ?
Que voulez-vous de moy, execrables furies,
Alterées de ſang, auides de tùries ?
Retirez-vous de moy, vous filles de la nuit,
De qui la vengeance eſt l'agreable déduit,
Qui vous paiſſez d'horreur, de cruauté, de rage ;
Qu'elle étrange fureur m'enflâme le courage ?
Ecoute-moy Baccus, & m'exance au beſoin,
Aye ore de ta tante, & de ta race ſoin,
Conſerue-nous Denis, ſi iamais ta nourice,
T'alaitant dans ſes bras, t'a fait quelque ſeruice,
Digne de treuuer place en ta ſainte amitié,
Pour toute recompenſe ayts de nous pitié :
Brigans, me voulez-vous ôter mon Melicerte ?
Sauuons-nous au ſomet de la roche deſerte ;
Quoy? vous nous pourſuiuez iuſqu'au faite plus haut,
Ie ne puis reculer, il faut faire le ſaut,
Peut-eſtre que la mer en ſes flots inconſtante,
Humaine, finira noſtre pêne innocente.

MELICERTE.

Ma mere, voulez-vous vous perdre dans la mer

INO.

Ha! que ce nom de mere est tristement amer,
En vn tel désespoir ton enfantin langage,
Loin de me consoler, m'aflige dauantage,
Mais quoy? de plus en plus ces brigans inhumains,
Veulent m'apréhender de leurs sanglantes mains,
Boureaux, ie frauderay par ce saut vostre enuie,
Neptune, à tes autels i'immole nostre vie.

Là, Ino se iette dans la mer auec son fils
Melicerte.

SCENE II.

VENVS, ET NEPTVNE.

VENVS.

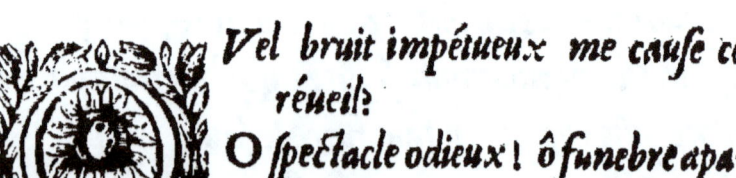

Vel bruit impétueux me cause ce
réueil?
O spectacle odieux! ô funebre apa-
reil!
Ino, las! d'où te vient ce désespoir
infame,
Toy qui dans Thebes fut n'aguere si grand' Dame;

He ! quoy ? cét innocent , ce petit enfançon
Deuoit il eftre donc traité de la façon ?
Ie te déplore Ino , pauure Dame outragée,
Tu n'auois merité d'eftre ainsy fubmergee,   (bruit,
Quelqu'vn des Dieux te fait , mais i'enten quelque
C'eft mon oncle Neptun, le bon heur le conduit,
S'acordant à mes vœux :

NEPTVNE.

O Deeffe Ciprine,
Qui peut auoir troublé l'excellence diuine,
Qui fouloit en ta face éiouir les humains ?
Qui t'a caufé ce ducil? qui font ces inhumains ?

VENVS.

Si tu le veux fçauoir, oftroye ma requefte.

NEPTVNE.

S'il eft en mon pouuoir la chofe eft toute prefte.

VENVS.

Frere du grand Iupin , cher oncle paternel,
Des ondes de la mer gouuerneur éternel,
Qui eûs apres les Cieux, le plus noble partage,
Ie demande peut eftre vn trop grand auantage,
Mais helas ! qu'il te plaife auoir pitié des miens,
Que tu vois engloutis des flots Ioniens,
Entre les Dieux marins donc leur quelque place,

La mer me fera bien encore cette grace,
Si ie náquis d'écume autrefois en ton sein,
Seconde de tes vœux à present mon dessein :
Ayes pitié d'Ino, qui de rage infensée,
S'est auec Melicerte en la mer élancée.

NEPTVNE.

Il suffit, ie veux or, par mon sacré trident,
A tes yeux faire voir vn miracle euident ;
Ie veux pour te complaire, orner ta parentelle,
En dépit de Iunon d'vne forme nouuelle :
Par mon trident plongé trois fois dedans les eaux,
Echanger leur mortel en des cors tout nouueaux,
Cors, qui ne seront plus sujets à la fortune,
Et qui ne craindront point de Iunon la rancune.

La Neptune change Ino, & Melicerte en
Dieux Marins.

VENVS.

Déia ie l'aperçoy.

NEPTVNE.

l'ay d'vne Maiesté
Venerable à chacun, orné leur Deité,
L'vn soit dit Palemon, & l'autre Leucothée ;
Que requiers tu de plus ?

VENVS.

Ma voix est écoutée,
Et tes comandemens ont eu leurs plains éfets,
C'est pourquoy puissât Dieu mes vœux sôt satisfaits:
Si ie te puis aussy seruir en récompense,
Vse de mon pouuoir, & de mon assistance,
Cét insigne plaisir me demeure immortel.

NEPTVNE.

Ie suis pour te seruir, & seray toujours tel.

VENVS.

Iunon, tu conoitras, que ma race ofencée,
A moyen d'éuiter ta colere insensée.

SCENE III.
& derniere.

IVPITER, ET ATHAMAS.
IVPITER.

Vortõ de l'éfer, germe pernicieux,
Indigne de la mer, de la terre, &
des Cieux, (ta rage ennemie
Malheureux, crains-tu point que
Ne réueille à ton dam ma colere
endormie?

Penses-tu que ma foudre oisiue dans ma main,
Pour ce forfait comis ne te perde inhumain?
Tel crime ne s'est veu, que quãd la main meurtriere,
De Phœbus par horreur arêta la cariere,
Où depuis que le fils par son pere mangé,
Fut cause que tel crime autre crime à vengé,
La cause de ce meurtre empéche l'indulgence,
Qu'à l'endroit de ceux-cy dona ma patience,
Ie n'en pardone plus, mais voicy l'insensé,
Oyons ce qu'il dira.

ATHAMAS.

Tu m'as trop ofensé,
N'en espere pardon, Iupin porte-tonerre,
Ta foudre, ny tes traits, ny ce Dieu de la guerre,
N'y Bellone sa sœur, ny Deesses, ny Dieux,
Ne m'empécheront pas de te priuer des Cieux;
N'espere d'échaper, come quand Encelade,
Aydé de ses Titans te dona l'escalade,
Alors que tous les Dieux de l'Olympe fuyant,
Aloient en animaux leurs formes transmuant,
Vous n'éuiterez pas la fureur de ma dextre,
Ie veux mer, terre, & Cieux en un cahos remetre,
Cela vaut déja fait, puis qu'il est entrepris;
Ie doy bien tost monter au celeste pourpris,

Ha; tout tremble déia au vent de ma parole.

IVPITER.

Temeraire Athamas, ton entreprise eſt fole ,
Je t'empécheray bien de paſſer plus auant.

ATHAMAS.

Courage compagnons, auancez au deuant.

IVPITER.

C'eſt par trop entrepris ,ſus il faut que ma foudre,
Finiſſant ta fureur te conuertiſſe en poudre.

Là Iupiter le foudroye.

ATHAMAS foudroyé.

Ha ! quel feu me ſurprend, quel tonerre grondant,
Sans craindre mon couroux Iupin me va dardant?
O rage , ô déſeſpoir , ie forcene , ie brûle.

IVPITER.

Traitre, pour tes clameurs ta pêne ne recule,
Tu mouras, & ton cors en pouſsiere réduit,
Par le vague de l'air au vent ſera conduit;
Telle punition meritoit ton audace,
Pour croître par ta mort les malheurs de ta race.

ATHAMAS.

Ie ſuis réduit en feu, demons , larues, fureurs,
Parques, coupez mon fil, miſerable ie meurs.

F I N.

LA FOLIE DE

SILENE

PASTORALE.

R

SVIET DE CETTE PASTORALE.

Euere vieille Magiciéne, ayant conu par son art, que le contentement de Pimandre son fils, dépendoit de l'acomplissement de ses desirs, par son mariage auec Melie fille de Polite, elle se résoût de l'enleuer du logis de son pere, qui estoit veuf, où s'estant transportée à cét éfet, & y rencontrant Tyrsis frere de Melie, elle le treuua si beau qu'elle l'emporta auec sa sœur, priuant ainsi Polite du suport de sa viduité : mais come ce transport se fit de nuit, Seuere s'estant endormie dedans vn bois en son chemin, ayant ces deux petits enfans à ses deux côtez, vne Bergere passant par là de hazard sur le matin, ayát ietté l'œil sur Tyrsis, treuua l'enfant si gracieux qu'elle le rauit à celle qui l'a-

uoit parauant rauy à son Pere, & l'emporta. chez elle ; où elle le fit éleuer soigneusement. Seuere demeura bien étonée à
son réueil , ne treuuant plus que Melie
aupres d'elle , & de peur qu'on ne luy rauît derechef , la tint depuis pour sa fille,
& les entretint en ceste creance Pimandre & elle , qu'ils estoient ses deux enfãs,
qui depuis s'aymerent vniquement , come frere , & sœur ; mais l'âge croissant en
eux, l'amitié crut pareillement, & se tour.
na en vne passion reciproque , toutefois
retenuë, & moderée par la consideration
du sang , & le respect de la parenté.
Tyrsis deuenu grand, ayant ietré les yeux
sur Melie sans la conoitre, en deuiét passionément amouteux , mais elle le reiette, & ne le peut écouter, ayant vne secrette inclination pour Pimandre. Corile,
gentille bergere, pourssuit Tyrsis, qui ne
la peut aymer à cause de l'afection qu'il
porte à Melie. Polite cherchant les
deux enfans, deuient amoureux de Laurie, il enuoye Silene son valet luy porter

vne lettre: lequel rencontré par l'Amour qui luy brouïlle la ceruelle, entre en folie, & deuiét amoureux de son Maitre, le prenant pour vne Nymphe, ou il fait mile extrauagances. Vn Satyre amoureux de Corile, repoussé d'elle assez rudement, pource qu'elle afectione Tyrsis, se persuade que luy ôtant cét obiet de deuant les yeux, il poura gaigner ses bones graces; pour cét éfet, il a recours à ses charmes, & change Tyrsis en Myrte.

Corile voyant la perte de son Tyrsis, & se voulant tuër apres luy, en est détournée par Polite, qui suruient là inopinément, cherchant ses enfans de toutes parts : Elle, reuenant puis apres au même lieu faire les éfusions, & rendre les derniers deuoirs à son berger, pensant aracher vne branche de ce Myrte qui couuroit la figure de Tyrsis, il la prie de le laisser en repos, & la coniure de porter son sacrifice au temple du Dieu Pan, ce qu'elle luy promet faire.

Polite ne sçachant qu'est deuenu Silene ſon valet, pour ioüir des amours de ſa Laurie, a recours à vn Magicien qui luy enſeigne vn charme, où il entre du Myrte; pour en cueillir, il s'adreſſe au même arbre de Tyrſis, qui ſe découure à luy, luy fait le recit de ſon auanture, & le conſole.

Pimandre & Melie ne pouuans eſperer de remede à leurs amours, implorent l'aſſiſtance des Dieux, & s'en vont au Temple, pour ſçauoir quelle fin elles pouront prendre.

Le Satyre, voyant que nonobſtant ſes charmes, il ne pouuoit rien obtenir de Corile par amitié, a recours à la force, & veut entreprendre ſur ſon honeur, mais il en eſt empéché par le Dieu Pan, qui fait reuenir Tyrſis en ſa premiere forme, en la preſence du Satyre qu'il chaſſe du pays : fait entendre à Pimandre, & à Melie l'hiſtoire de leur naiſſance, & les fait marier enſemble, puis déſabuſant Tyrſis, & luy faiſant voir que Melie eſtoit ſa ſœur, luy fait épouſer Corile, & recompenſer ſa conſtance : & pour l'accompliſſement de cette œuure , donc vne verge à Po-lite , pour faire reuenir Silene en ſon bon ſens, qui eſt la reduction de cette Paſtorale.

LES ACTEVRS.

CORILE Bergere.
LE SATYRE.
MELIE Bergere.
TYRSIS Berger.
POLITE Vieillard.
SILENE son valet.
PIMANDRE Berger.
ECHO.
AMOVR.
PAN Dieu des Bergers.

LA FOLIE DE
SILENE
PASTORALE.

ACTE PREMIER.
CORILE, SATYRE, MELIE, TYRSIS, POLITE, SILENE.

SCENE I.
CORILE SEVLE.

Vis que de mes amours, Amour n'a
plus de cure,
Puis que de tant d'ennuys qu'en bien
aymant i'endure,
Tyrsis, le fier Tyrsis, de mon âme
vaincœur,

Honore son triomphe, & endurcit son cœur ;
Silence bien-aymé de ces lieux solitaires,
Et vous arbres muets, soyez mes secretaires ;
Pretez-moy votre oreille, entendez mes soucis,
Et me soyez au moins plus doux que mon Tyrsis.

     Sçachez donc, que Corile autrefois si cruelle,
Vers tât de beaux pasteurs qui gemissoient pour elle,
Pasteurs qui meritoient, veu leur fidelité,
Plus d'amour sans mentir, où moins de cruauté,
Ores est au rebours plus humble devenuë ;
Elle est dessous le ioug de Tyrsis retenuë,
Et d'vn iuste suplice amendant son méfait,
Sêt les maux qu'elle a faits par ceux-là qu'ô luy fait ;
Amour le Dieu vengeur des âmes trop cruelles,
Echaufe ores mon sang, enflâme mes mouëlles,
Endurcit sans raison mes esprits furieux,
Et fait dedans mon cœur vn Mont-gibel de feux :
Ainsi parmy ces maux, i'épreuue par moy-même,
Combien leur passion fut ardente, & extrême :
Les dédains de Tyrsis, me témoignent combien,
Ils sont amers & durs, aux cœurs qui ayment bien :
Ie le suis, il me fuit, ie crie, & me lamente,
Mais son oreille est sourde à ma voix languissante ;
Il dédaigne mes pleurs, il se rit de mes cris.

Et mes plus humbles vœux luy tournent à mépris;
Au moins si quelquefois, d'vne amoureuse œillade,
Il moderoit l'acces de mon âme malade ;
Si quelquefois au moins il daignoit m'écouter,
S'il fégnoit s'émouuoir en m'oyant lamenter,
Que ie viurois contente, & ie verrois ma vie,
En si belle prison doucement asseruie:
Mais de ses yeux cruels les mortelles rigueurs,
Ont rendu les deux miens tout remplys de malheurs:
Pourquoy beaux yeux, séiour d'vne si chaude flâme,
Pourquoy si lâchement trahissez vous mon âme ?
Pourquoy sous les apas d'vne insigne beauté,
Nourissez-vous l'aigreur de vostre cruauté ?
Beaux yeux de mon Tyrsis, vous resséblez l'aucte,
Apres m'auoir blessé d'vne playe secrette ,
Pour ôter le remede au mal que m'auez fait,
Vous laissez dans mon cœur l'aiguillon de son trait,
Trait?qui vous peut doner tãt d'ardeur & de flâme,
Si mon Tyrsis n'a rien qu'vn glaçon dedans l'âme ?
Où logez vous enséble ?où logez vous beaux yeux,
Tant de cruels dédains? tant d'atraits gracieux ?
Mais pendant qu'en ce lieu mes ennuis ie soupire,
Je voy que le Soleil peu à peu se retire;
Que mon bélant troupeau dans ce champ épandu,

Doit eſtre auant le ſoir à mon pere rendu ;
Adieu ſilence adieu, adieu, adieu bois ſolitaires,
Soyez-moy pour le moins fidelles ſecretaires.

SCENE II.

SATYRE SEVL.

Voy donc ? cette beauté qui dans le
　　cœur me point,
Verra toujours ma pêne, & n'en
　　ſentira point ?
Moy, qui fus careſſé de mainte
Hamadryade,
Quand gaillard ie voulois leur ietter quelque œillade,
Moy que Diane, même en chaſſant par ces bois,
A du beau nom d'amy ſalué maintefois,
Auiourd'huy ie verray qu'vne ſimple bergere,
M'épriſera mes vœux, & mon humble priere,
Pour aymer trop ſimplette, vn inconu berger,
Qui depuis quelque tems d'vn riuage étranger,
S'eſt gliſſé parmy nous, & qui d'vn doux viſage,

A surpris finement cette fille peu sage ;
Ce nouuel Adonis, ce Narcisse nouueau,
Bien qu'il ayt plus que moy delicate la peau,
Le poil mieux frisoté, la bouche plus vermeille,
Le teint plus frais encor, & plus courte l'oreille,
Il n'est point come moy des demy-Dieux issu ;
Non Corile, il n'est point d'vne Nymphe conçeu ;
Il n'a point tant que moy de vigueur, & de flâme,
Pour sçauoir au besoin contenter vne Dame ;
Il est trop delicat, il est trop peu nerueux,   (reux :
Trop molasse, & trop beau pour vn braue amou-
Ses discours bien polis, sa perruque tant belle,
Ne font iamais l'amour que du bec & de l'aile :
I'ay beaucoup plus que luy de force, & de vertu,
Ie ne voudrois qu'vn bras pour le rendre abatu ;
Pour le plier sous moy, & pour voir ce superbe,
D'vn petit coup de poin renuersé dessur l'herbe :
Vien-donc Corile, vien, laisse-là ce pasteur,
Vien mon tout, auec moy r'adoucir ton ardeur,
Vien dedans ces forests, vien parmy ces ombrages,
Cueillir les plus beaux fruits de nos deux pucelages :
Icy tout est serain, & mes cuisans soucis,
Estant pres de ce lieu me semblent adoucis :
Icy le passereau d'vne aile trémoussante,

Et d'vn brusque baiser sa femelle contente ;
Icy parmy le frais de ces mignardes fleurs ;
Mainte Nymphe à l'enuy refroidit ses chaleurs ;
Icy Corile, icy, ie veux contre ta bouche,
Lâciuement dresser mainte & mainte escarmouche:
Ie veux icy mourir, & veux que dans ces bois,
Ensemble nous mourions & reuiuions cent fois :
Viens-y dõque mõ tout, viẽs-y dõc ma Nymphette,
Ie m'en iray tandis auêque ma musette,
Resoner dans mon antre vne gaye chanson,
Que i'ay faite pour toy en trépignant au son ;
Ie mariray si bien la voix auec la danse,
Que ma langue, & mes piez auront même cadence ;
Et que les animaux plus farouches des bois,
Apaiseront leur ire aux accens de ma voix.

SCENE III.
MELIE, TYRSIS.
MELIE.

*Ve cela m'importune , & que*
i'aurois de honte,
De rechercher Tyrsis, vne qui
ne fait conte
De tant de vains propos, de tant
de vains discours,
Qui dédaigne ton nom , tes vœux , & tes amours;
Et qui (fans point mentir) est ailleurs asseruie.

TYRSIS.

Belle & fiere beauté, doux plaisir de ma vie,
Delices de l'amour , Nymphe, dont les beaux yeux,
Me font voir icy bas tout le plus beau des Cieux,
Areste vn peu tes pas, areste vn peu ma belle,
Quoy? me voudrois tu fuir? serois-tu plus cruelle,
Qu'vn lyon, où qu'vn ours, que tu vas pourchassät,
Et de ton dard vaincœur par ces bois terrassant?
Leur poil tout herissé , leur éfroyable audace,

Leur grincement de dents, qui de loin te menace,
Tout cela ne t'étone, & ne peut t'empécher,
Qu'en leurs antres afreux tu n'ailles les chercher:
V'n astre plus benin, vn Dieu plus fauorable,
Ne m'a point fait le front ny la face éfroyable,
Ma belle ie n'ay point, ie n'ay point ainsy qu'eux,
La fierté dans le cœur, & l'horreur dans les yeux ;
Pourquoy donc me fuis-tu ? las ! ie crains ma Melie,
Que leur rage s'apaise aux dépens de ta vie ;
Que s'armant contre toy d'vn courage felon,
Ils ne facent de toy come ils firent d'Adon :
Adon, ce beau berger qui sans croïte folâtre,
La mere des Amours, s'aloit souuent ébatre,
A chasser aux forests les sangliers, & les loups,
Mais en fin peu discret il sentit leur courouːx;
Si le sang épandu te plaist tant, ô Melie,
Noye dedans mon sang mes amours, & ma vie;
Aussi bien de tes yeux le coup est si mortel,
Que celuy de ton dard ne me peut estre tel.

MELIE.

Tyrsis, ie ne suis point d'vne âme si sauuage,
D'vn cœur si inhumain, ny d'vn si fier courage,
Pour armer contre toy, ny ma main, ny mes yeux;
Ie me montre cruelle aux tygres furieux,

Aux

Aux lions rugiſſans , aux ſangliers pleins d'audace,
C'eſt contr'eux ſeulement que ie dreſſe ma chaſſe,
Non contre les bergers.

TYRSIS.

Pourtant fiere beauté,
As-tu contre Tyrſis vſé de cruauté.

MELIE.

Mais quoy? que t'ay-ie fait?

TYRSIS.

Tu as remply mon âme,
Du feu toujours brûlant d'vne cuiſante flâme;
Tu as de mile traits coup ſur coup élancez,
Percé mon cœur à iour, & mes ſens ofencez.

MELIE.

De quels traits, de quels feux?

TYRSIS.

De viues étincelles,
Qui donent dans mon cœur des ateintes mortelles;
Qui ſortent de tes yeux , de tes yeux le ſéiour,
Et le trône Royal du puiſſant Dieu d'amour:
Ainſi par toy bleſſé, cruelle, & dédaigneuſe,
Tu feins de ne point voir cette playe amoureuſe;
Et au lieu de doner à mon mal gueriſon,
De mile fiers dédains tu aigris ce poiſon:

S

Peut-il eftre qu'encor mes levres trembletantes,
Ces foupirs fi ardens, ces œillades fréquentes,
Ces plaintes, ces difcours, cette pâle couleur,
Ne t'ayent point apris où me tient la douleur ?
Garde bien que le Ciel en fin ne fe dépite,
Que le puiffant Amour contre toy ne s'irite,
Et qu'vn iour il te face aymer au lieu de moy,
Vn cruel, vn ingrat, fans amour, & fans foy.

M E L I E.

Ie reconois amour, ie fçay qu'elle eft fa force,
Mais mon cœur deuient glace encontre ton amorce ;
Tyrfis, tu pourois bien autre part t'adreffer,
Et de ces beaux difcours vne autre careffer ;
Pour toy, de cent glaçons ma poitrine eft armée,
Pour toy, de cent dédains mon âme eft animée,
Pour toy, j'arme mes yeux de fierté, de rigueur,
Pour toy la cruauté loge dedans mon cœur :
Autre amour que le tien trop doucement m'enflâme,
Ie ne fçauroys loger deux cors auec vne âme,
Et mon cœur enflâmé des yeux d'vn beau berger,
Ne fe fçauroit Tyrfis à d'autre partager
Laiffe-moy dõc en paix, cherche vne autre maitreffe,
Eftant ailleurs vouée, en paix auffy te laiffe.

TYRSIS.

Rigoureuse beauté, à qui donc donez-vous,
De vos yeux mes soleils le paradis si doux ?
Ie vous verray toujours contraire à mon enuie,
Maîtreſſe de mon cœur, & d'vn autre aſſeruie,
Vn autre receura de vos chaſtes beautez,
Les plus douces faueurs, & moy les cruautez :
Il faudra que ma flame à votre froideur cede,
Vous qui me poſſedez, qu'vn autre vous poſſede
Qui ſe rie, ſçachant la douleur qui m'époint,
Ie verray tout cela, & ie ne mouray point ;
Non, non, Melie, non, vne meurtriere lame,
Fera d'vn coup vomir, mes amours & mon âme,
On me verra plutoſt en ces ſauuages lieux,
Noyer mes triſtes iours des larmes de mes yeux :
Las ! mon cœur & mes yeux, n'ayez dõc plus d'ẽuie,
De viure, ny de voir, abſent de ma Melie ;
Vous viuez de la voir, mais vn ſemblable éfort,
En ne la voyant plus, doit cauſer voſtre mort.

SCENE IV.

POLITE ET SILENE
son valet.

POLITE.

A foy ie croy que c'est en terre,
Qu'amour fait vne ouuerte guer-
     re,
Et ie croy, que de iour en iour,
Se font nouueaux efets d'amour;
I'auois vécu vn si bel âge,
Afranchy de ce dur seruage,
Faloit il qu'encor vne fois,
Ie retombasse sous ses loix ?
Ie n'en auois pensée aucune,
Lors que la mauuaise fortune,
Me rendis en ces quartiers cy:
Seulement vn pieux soucy,
Vne afection paternelle,

M'y pouffoit, pour auoir nouuelle,
De deux enfans, que i'aymois mieux,
Ny que mon cœur, ny que mes yeux,
Enfans, qu'une vieille fauuage,
Me rauit en leur plus bas âge,
Silene, tu sçais voirement,
Que ce fut cela feulement,
Qui me meut ores à les quite,
Ie n'ay plus foin de ma pourfuite,
Et l'amour m'a fi bien épris,
Qu'il occupe tous mes efprits,
Amour eft ma douce conquefte.

SILENE.

Ma foy, vous vous rompez la tefte,
Et ie cul apres vos amours.

POLITE.

Si ay ie oüy dire toujours,
Qu'on recherche les vieux gendarmes.

SILENE.

Ouy, quand ils ont de bones armes,
Mais ma foy voftre paurre eftoc,
Faudroit en aprochant du cloux.

POLITE.

Non, non, i'ay encore la force,

S iij

LA FOLIE

De lâcher souuent vne amorce,
Les vieux, sçauent mieux les détours,
Que les plus ieunes en amours.

SILENE.

Mon maitre, vous auez beau dire,
Voſtre cas reſſemble à la cire,
Ma foy, plus on le manîroit,
Et tant plus mol il deuiendroit.

POLITE.

Tu t'y entens, il te le ſemble,
Mais bien, dy plutoſt, qu'il reſſemble,
A l'œuf, qui durcit peu à peu,
Quand il ſe ſent aupres du feu.

SILENE.

Encore auez-vous du courage,
Mais nonobſtant tout ce langage,
Ie croy que dez le premier iour,
Laſſé du doux combat d'amour,
Vous vous reposeriez tout bléme,
Sans atendre iuſqu'au ſétiéme.

POLITE.

Non, non, tu ne me conois pas,
Quoy du premier iour eſtre las?
Voy-tu, ie ſuis de ma nature,

Toujours frais, changeant de montûre.

SILENE.

Vous auez bien mieux la façon,
De vous endormir sur l'arçon,
Que de courir deux où trois postes.

POLITE.

Amour fauorise ses hôtes,
Et les rend gaillards, & dispos.

SILENE.

Sçauez-vous pas bien, que les os,
Au decours n'ont pas tant de mouëlle,
Que lors que la Lune est nouuelle?

POLITE.

Le desir m'iroit échaufant.

SILENE.

Vous ressemblez au chien couchant,
Qui porte toujours bas la teste.

POLITE.

Mais aussy quand il sent la beste,
Il leue incontinent le nez.

SILENE.

Mon Maistre?

POLITE.

Quoy?

LA FOLIE

SILENE.

Or deuinez,
De qui votre cas a la mine,
D'vn qui va blutant la farine,
Lequel se tuë, & ne faut rien.

POLITE.

Ha! ha! ha! tu t'y entens bien,
Regarde vn peu ma contenance,
Vn petit saut, vne cadence,
He bien? me fait il pas beau voir?
Cela merite bien d'auoir,
Quelque Nymphe pour ma compagne.

SILENE.

Quand la nège est sur la montagne,
On dit qu'il fait bien froid au bas.

POLITE.

Cessons, cessons tous ces debats,
Retournons-nous en au vilage,
Tu verras, ie veux faire rage,
D'écrire vn sonet à l'amour;
Et puis demain au point du iour,
Tu l'iras porter à Laurie.

SILENE.

Alons, mais auant ie vous prie,

Goûtons si nostre vin est frais.

POLITE.

Alons, nous goûterons apres.

SILENE.

J'ayme bien mieux remplir ma pense
De bons morceaux, que de science.

ACTE SECOND.

SCENE I.

PIMANDRE , MELIE , CORILE, THYRSIS.

PIMANDRE , MELIE , CORILE, THYRSIS.

PIMANDRE.

Amais pauure berger sous l'amou-
reux empire,
N'ut vn sort plus étrange, vn plus
cruel martyre,
Vn tourment plus nouueau que ce-
luy que ie sens ,
Forcer ma volonté , mes desirs , & mes sens :
Amour , cruel tyran des âmes les plus belles ,

M'affaut de noueauxtraits, & deflâmes nouuelles,
D'vn inconu brafier alume ores mon cœur,
Et me fait endurer pour l'amour de ma fœur:
Mais qu'apelé-ie amour, c'eft plutoft vne rage;
Toutesfois s'ileft vray que fur noftre vifage,
Amour imprime au vif de nos cœurs les defirs,
Et fi l'on peut iuger par mile chauds foupirs:
Ie croy qu'vn feu pareil nos deux âmes bourelle,
Qu'elle meurt pour m'aymer, come ie meurs pour elle;
Mais nos yeux lâguiffans pleins d'amoureux atraits,
Sont feuls de nos amours les couriers plus fecrets:
Car vn puiffant refpect, & vne faincte honte,
Ces illicites feux à toute heure furmonte:
Lors que ie veux ouurir la bouche pour parler,
Et à ma chere fœur mes amours déceler,
Vn refpect me retient, & empêche ma langue,
Etoufant au gofier ma voix, & ma harangue:
Melie ma belle âme, & mon tout, & ma fœur,
Que nous fert de brûler d'vne pareille ardeur?
Que nous feruent ces feux, & ces flâmes égales,
S'elles nous font languir come noueaux Tentales,
Que feruent ces douceurs pres de foy nuit, & iour,
Si faute d'en goûter il faut mourir d'amour:
Que fert (quand il me plaift) deffur ta lévre tendre,

Prendre mile baisers pour apres te les rendre,
De pouuoir sans soupçon, sans crainte & sãs danger,
Sur le bord de ton lit, le matin me ranger,
Voir les rares beautez dessur ton front écloses,
Et baiser de ton sein les œillets, & les roses,
Les baiser, mais que dy-ie, auec tant de douceur,
Que ces baisers sont plus que du frere à la sœur:
Mesle, que me sert que ces faueurs i'emporte,
S'aux autres desirs te doy fermer le porte,
Ce n'est point sans raison que l'on te peint sans yeux,
C'a l'tyran des cœurs, enfant audacieux,
Qui te meut d'ofencer de ta pointure amere,
Aueuglémēt les cœurs d'vne sœur, & d'vn frere!
Si tu sçais que nature en se moquant de toy,
Pour bouclier à tes traits, vient oposer sa loy?
Garde pour d'autres cœurs tes ardentes flaméches,
Treuue ailleurs vne bute à tes poignantes fléches,
Et nous laisse en repos; mais que dy-ie tnensé?
Amour pardone moy, las! ie t'ay ofensé;
Tu n'es point si cruel de blesser sans remede,
La pitié de mon mal dont l'amour la possede,
A tire par l'efort d'vn amour rauisseur,
Les larmes de ses yeux, les soupirs de son cœur,
Sans le conoitre au vray, craintiue & pitoyable,

Elle plaint la rigueur de mon fort déplorable,
Et de mes passions se sentant martyrer,
Soupire mes soupirs, & pleure mon pleurer;
Si c'est le feu d'amour qui tourmente son âme,
Si ie suis le suiet d'vne si viue flâme,
Que ne vient elle donc me dire librement,
Que ie done à son mal vn doux allegement?
Si c'est vn feu sensible, vne douleur non feinte,
Que n'est l'amour plus fort en elle que la crainte?
Mais la voicy venir, il faut contraindre icy,
Et ma bouche, & mes yeux.

MELIE.

O mon plus cher soucy,
Mon frere, que cent fois i'ayme mieux que ma vie,
Si vous ne dédaignez ny les feux de Melie,
Ny son humble priere, he! dites-moy mon cœur,
D'où vient que ie vous voy ceste pâle couleur?
D'où viennent ces soupirs? d'où viét cette tristesse?
Et le penser chagrin qui iamais ne vous laisse?

PIMANDRE.

Auant que ma couleur me puisse reuenir,
Dieux! entendez ma voix, & me faites mourir,
Et deuant que par moy ma pêne soit conuë,
Perdent mes yeux plustost, & la vie, & la veuë,

MELIE.

Mais si est-ce qu'à moy vous pouuez librement,
Come à votre humble sœur conter vostre tourment.

PIMANDRE.

Il faut celer son mal, & ce dont il procede,
Lors que le declarer n'aporte aucun remede.

MELIE.

Il faut dire son mal, & en l'afliction,
Goûter de quelque amy la consolation.

PIMANDRE.

Tout cela ne feroit qu'augmenter mon martyre.

MELIE.

Mais il s'amoindriroit bien plutost de le dire.

PIMANDRE.

C'est aux impatiens à conter leur malheur.

MELIE.

C'est aux désesperez à cherir leur douleur.

PIMANDRE.

Les petites douleurs ne sont iamais secrettes,
Mais les grandes toujours sont sourdes, & muettes.

MELIE.

Il faut dire son mal, si l'on en veut guerir.

PIMANDRE.

Il faut celer le mal qu'on ne peut secourir.

MELIE.

Le plus extrême malt reuue vn remede è xtrême.

PIMANDRE.

Mais de vos argumensbattz vous en vous même,
Ma sœur, si nous deuons nos amours déceler,
A ceux qui les sçachant nous peuuent consoler;
Si la sœur doit sçauoir les soupirs de son frere,
Au moins faites- moy part de la douleur amere
Qui trauerse voftre âme, & me contez coment,
Vous nourissez en vous vn si cruel tourment;
Ie suis assez certain qu'vn violent martyre,
Possede vostre cœur, mais vous ne l'osez dire :
Me celer voftre pêne , & la mienne écouter,
Eftre sœur pour ouyr, & non pour raconter,
Ce n'est pas la raison ?

MELIE.

Mon frere , ie confesse,
Que i'ay le cœur épris d'vne amere tristesse;
Que mile & mile ennuis m'agitent nuit & iour,
Que ces ennuis encor sont causez de l'amour,
Que cela vous sufise , & ne me pressez ore,
De sçauoir le beau nom qui en mon âme i'adore ;
Le sçauoir seroit vain, cóme il m'est vain aussy,
De nourir dedans moy cét amoureux soucy,

Et creyez seulement au mal qui me possede,
Deux cruels ennemis dérobent le remede.

PIMANDRE.

Ie croy qu'vn sort pareil, & qu'vn pareil destin,
Doit estre de nos maux le principe, & la fin;
Deux puissans ennemis à nos desseins s'oposent,
Et rien qu'vn desespoir cruel ne me proposent:
Mon mal est sans remede, & la mort seulement,
Peut à semblables maux doner alegement:
Adieu ma chere sœur, mais qu'auant ie te baise.

MELIE.

Baiser empoisoné, mon ardeur ne s'apaise,
Ains s'augmente, & s'acroist sous vos cruels apas,
Baiser infortuné, vous causez mon trépas;
Gräs Dieux estes-vous sours, ma plainte nöpareille,
N'a telle pù venir iusques à votre oreille?
N'auez vous point mes cris, & mes soupirs oüy?

ECHO.   Oüy.

Qu'est ce qui parle à moy? qui que tu sois Deesse,
Qui sembles prendre soin du soucy qui m'apresse,
Répons-moy fauorable, & me dy librement,
De mes ennuis futurs le triste éuénement.
Que seray-ie à la fin, moy qui toujours lamente

ECHO.   Amante.

Amante

Amante miserable, he! que me sert d'aymer,
Si ie ne goûte rien de l'amour que l'amer.
Peut-il y auoir fin au mal qui me deuore?

E C H O.　　　　　Ore.

Quand doit cesser l'ennuy qui dans moy fait seiour?

E C H O.　　　　　Ce iour.

Ie mouray donc ce iour, prens courage Melie,
Auiourd'huy cesseront tes amours, & ta vie;
He! que dy-ie cesser, partiray-ie là bas,
Mon âme & mon amour exemte du trépas?
Mais voy-ie pas Tyrsis, bons Dieux! sçauriez-vous
　　　　faire,
Que ce fâcheux de moy ie puisse vn iour distraire.

T Y R S I S.

En t'atendant Melie, au milieu de ce bois,
Apuyé contre vn chêne, ainsy ie soupirois
Ton beau nom tant aymé, sur l'air de ma musette;
Melie, mes amours, ma belle Nymphelette,
Disoy-ie en soupirant, quoy mon plus cher soucy,
Veux-tu donc que ie viue, ains que ie meure ainsy,
Priué de tes beaux yeux, ma lumiere agreable,
Sans qu'au moins tu me sois en mourant secourable?

　　　　　　　　　　　　　　T

MELIE.

En vain tu m'apelois pour te doner secours,
Puisque ie n'ay soucy de toy, ny tes amours.

TYRSIS.

Ha! que tu es cruelle, ingrate, & inhumaine,
L'arbre plus endurcy à pleuré de ma pêne,
I'ay tiré par mes cris, des tygres furieux,
Et la plainte du cœur, & les iarmes des yeux,
Toy seule tu t'en ris.

MELIE.

Laisse-là ce langage,
Pour vne moins discrette, & plus que moy volag

CORILE.

I'ay les yeux dessillez dés la pointe du iour,
Et croy que le someil est ennemy d'amour ;
Paissez mon cher troupeau, paissez l'herbe menuë,
Corile cependant se nourît de la veuë,
De son aymé Tyrsi! mais ô Dieux le voicy,
Et voicy quant & quant ma coriuale aussy :
Berger ingrat, au moins permets-moy que ie die,
Ce que tes yeux cruels ont causé a edans moy.

TYRSIS s'adressant à MELIE.

Bergere ingrate au moins permets-moy que, &c.

MELIE répondant à TYRSIS.

C'est en vain raconter qu'elle est ta maladie,

Si ie ne puis auoir de remede pour toy.

Tyrsis à Corile.

C'est en vain raconter quelle, &c.

Corile à Tyrsis.

Cruel, helas! coment, ton âme n'est émuë,
De me voir languissante, & demandant secours?

Tyrsis à Melie.

Cruelle, helas! coment, ton âme? &c.

Melie répondant à Tyrsis.

Non, car si les Amants (dit-on) n'ont point de veuë,
Ceux qui sont sans amours sont aueugles, & sourrs.

Tyrsis à Corile.

Non, car si les Amants n'ont point, &c.

Corile à Tyrsis.

Mes soupirs, mes ennuis, mes larmes, & mes plaintes,
Te sont-ils pas témoins de ma belle amitié?

Tyrsis à Corile.

Mes soupirs, mes ennuis, mes larmes, & mes &c.

Melie à Tyrsis.

Les larmes des Amants, le plus souuent sont feintes,
Vne feinte douleur ne m'émeut à pitié.

Tyrsis à Corile.

Les larmes des Amants, le plus souuent sont, &c.

Corile à Tyrsis.

En vain donque mes cris, &c. tournez la page

T ij

TYRSIS à MELIE.

En vain donque mes cris, en vain donque mes pênes,
Les verray-ie touiours emporter par le vent?

MELIE, à TYRSIS.

Come ceux de Narcisse au bord de la fontaine,
Soupirant ces amours à l'ombre seulement.

TYRSIS à CORILE.

Come ceux de Narcisse au bord de la fontaine,
Soupirant ces amours à l'ombre seulement.

TYRSIS SEVL.

Puisqu'en vain donc ie t'ayme, & t'adore Melie,
Puisque tes yeux cruels, vrais meurtriers de ma vie,
Se cachent pour ne voir mon amoureux tourment,
Pensers, soyez-moy donc mon doux contentement;
Mes bien-aymez pensers, soyez à la bone heure,
Mon plus doux aliment, iusqu'à tant que ie meure:
Pensers, yeux de mon cœur, doux someil de mes sẽs,
Doux charme de mes maux, doux miroir des absẽs,
Douce mâne d'amour, pensers douces délices,
Doux feux de mes desirs, douce erreur, doux suplices,
Ombre de mes plaisirs, doux apas de mon cœur,
Pensers, bon heur resté de mon cruel malheur,
Pour vous seuls ie veux viure, & ma triste influẽce,

Ne me peut rendre heureux qu'en cela, que ie pense:
Pensers ie vous adore, & vous crois ofencer,
Si ie vis d'vn autre air que de mon seul penser;
Soyez-donc chers pensers, soyez à la bone heure,
Mon plus doux aliment, iusqu'àtant que ie meure.

ACTE TROISIEME.

SILENE, AMOVR, SATYRE, CORILE, PIMANDRE, POLITE.

SCENE I.

SILENE, AMOVR.

SILENE.

V diable soit le chien d'Amour,
Je n'en dors plus, ny nuit, ny iour,
Ie treuue mõ maitre à toute heure,
Qui chante, qui rit, & qui pleure,
Tant ce petit fils de putain,
Le tourmente soir & matin;
Cependant, il faut que Silene,

En endure toute la pêne ;
Silene icy, Silene là,
Faisons cecy, faisons cela ;
Au diable soit la frénaisie,
Qui luy a mis en fantaisie :
Ie veux au frais de cét ormeau,
Dormir vne heure, bien, & beau ;
Pour recompenser la nuitée,
Que ie ne tiens à rien contée ;
Que cette fraicheur seulement,
Me done vn grand contentement ;
Ie vay dormir tout à mon aise,
Que mon maitre s'il veut s'apaise.

AMOVR.

Ce n'est chez les Roys seulement,
Que ie hante ordinairement ;
Ce n'est seulement dans les viles,
Que ie fay mes tours plus habiles ;
Ils m'y ont trop bien acoutré,
Pour y estre encor rencontré :
Ils m'ont couuert de tant de ruses,
De tant de fard, de tant d'excuses,
Qu'ainsi déguisé en plain iour,
On disoit, ce n'est pas amour :

T iiij

LA FOLIE

Mais ie veux dedans les vilages,
Ataquant les cœurs plus sauuages,
C'est là, que ie veux faire voir,
Quel est mon souuerain pouuoir:
A l'vn, d'vne flêche dorée,
I'ay rendu l'âme enamourée,
Il ayme, il soupire, il se plaint:
Mais l'autre que i'auois ateint,
D'vn trait plombé, a dans son âme,
Plus de glaçons que luy de flâme:
L'vn de traits tout pleins de douceur,
Ie rens amoureux de sa sœur,
La sœur par ma pointure amere,
Se rend l'amante de son frere;
De ce nom le sort sans pitié,
Trauerse leur belle amitié;
Mais ce n'est que mon ordinaire,
Ie veux bien autre chose faire,
M'estant rendu soudain icy,
Pour en ce dormeur que voicy,
A qui i'embroüille la ceruelle,
Faire voir chose plus nouuelle:
Ce folâtre ores en dormant,
Reçoit vn doux contentement,

Pource que ie luy represente,
En songe vne fille galante,
Belle, gentille, & dont les yeux,
Semblent plains d'atraits gracieux,
Il l'embrasse, baise, & acole,
Et va noyant son âme fole,
Parmy les amoureux desirs,
Parmy les doucereux plaisirs,
Parmy les mignardes caresses,
Et les delices tromperesses.

Or quand le someil ennuyeux,
Luy aura dessillé les yeux,
Ie feray que sa fantaisie,
Sera si doucement saisie,
De ce vain obiet de beauté,
Qu'ille verra representé,
A tout moment deuant sa veuë,
Il pensera l'embrasser nuë:
Et la tenir, mais tout soudain,
Elle échapera de sa main,
Et nouuel Ixion peu sage,
Il n'embrassera que l'image.

                        SILENE.

Non ma foy, ie ne rêue pas,

La tien-ie pas entre mes bras?
He! quoy donc petite mauuaise,
Vous fuyez, de peur qu'on vous baise;
Ha! ie vous atraperay bien:
Mignone, faites-moy ce bien,
Qu'encore vn coup ie vous acole;
Vous riez, vous faites la sole;
Voyez come apres qu'elle a fait,
Elle me veut touër d'vn trait;
Ie la tien, elle est échapée,
Ma foy mon couteau la coupée,
Elle saigne du petit doigt,
Si l'auray ie, quoy qu'il en soit;
Vous vous moquez, ha, voire, voire,
La voila parmy cette foire,
Qui achête du ruban vert:
Mais qu'est ce que cela vous sert,
Que vous proufite tant de pêne,
Que soufre le pauure Silene?
Ha! vous reuenez donc mon cœur,
Cà, que i'étaigne mon ardeur,
Que tant de fois ie vous embraße,
Que vous en soyez toute laße.
He! ne fuyez plus deuant moy,

Elle se couche-là, ma foy!
Ie veux sur cette herbe nouuelle,
Me coucher encor aupres d'elle:
Cà, çà, mon cœur, recomençons,
Et tellement nous embrassons,
Que parmy ces douces étraintes
Nos âmes s'enuolent contraintes,
Au paradis des amoureux:
Cà que ie frise tes cheueux,
Que ie baisote ton oreille,
Ton front, & ta bouche vermeille;
Il semble que tu ne veux pas,
Quoy? ne suis-ie pas bien ton cas,
Tu voudrois donc aymer peut estre,
Vn qui fût vn peu plus grand Maitre,
Qui en eût vn peu plus que moy:
Là, là, i'ay assez bien dequoy
Te contenter, ces grands (la fole,
Elle rit de cette parole,)
Ie te dys que ces grands, si grands,
Ne sont pas non les plus friands;
A la fin la voila comblée,
Ne crain point qu'en cette assemblée,
Persone en vueille dire rien:

LA FOLIE

Ils n'ont garde, ie le ſçay bien,
Ie leur rendrois bien la pareille,
Tu te fais bien tirer l'oreille,
Couchons nous là ſous cét ormeau :
Quoy, tu t'enfuis, tout beau, tout beau,
Ie te ſuiuray dedans cét antre. echo   entre
Las! tu me répôs donc mõ cœur echo   heur
Auray-ie ta bouche d'iuoire? echo   voire
I'iray puis que ie m'en ſouuien. echo   vien

SCENE II.

SATYRE, CORILE.

SATYRE.

IE te diray bien plus, que mes braues ayeux,
Décendirent iadis de la race des Dieux;
Ie sçay tous les secrets, & i'ay bien la science,
De faire mains éfets, hors l'humaine puissance:
S'il me plaist, sans tarder, Corile, ie puis bien,
Faire que ce grand Tout ne sera plus qu'vn rien;
Le Ciel, la terre, l'air, sous mes paroles tremblent:
Et à mon seul sujet contrairement s'assemblent;
La Lune, au teint d'argent, contrainte par mes vers,
Forçant le cours du Ciel, fait le sien à l'enuers:
Pluton me craint encor, & dans les sales sombres,
Ie me voy redouté de maintes pâles ombres,

Qui reuerent mon nom, & sçauent bien coment,
Ie les puis rendre heureux d'vn clein d'œil seulemēt:
Ils sçauent que ie puis, (car telle est ma puissance)
Leur redoner le iour, ainsi qu'en leur naissance:
Ils sçauent que ie puis, remâchant quelques vers,
Adoucir les tourments qu'ils soufrent aux enfers;
Ie puis bien tout cela: mais ie ne puis mon âme,
Eteindre tant soit peu le brasier qui m'enflâme ;
Ie puis, mais ie ne puis auoir place en ton cœur,
Ny doner vn relâche à ma triste douleur.
Si tu daignois Corile estre vn iour ma compagne,
Tu treuuerois chez nous, & la mole chatagne,
Et le lait frais caillé, ouy, ouy, tu treuuerois,
La pome, la cerise, & la prune, & la noix:
I'ay le raisin muscat, le beure, le fromage,
Mais ie t'ay reserué sur tout dans vne cage,
Vn couple de ramiers, qui sans fin cloassant,
Vont d'vn friand baiser l'vn l'autre caressant:
Corile, à l'enuy d'eux, ne m'estant plus farouche,
Tu viendrois assaillir d'vn long baiser ma bouche;
Et moy qui ne voudrois couard te refuser,
Je m'en reuengerois par vn mignard baiser;
Nous serions tout rauis en cette douce guerre,
Et croy qu'il n'y auroit demy-dieux sur la terre,

Plus heureux, plus côtens, que nous seriôs tous deux,
Et plus que nous sans fin, l'vn de l'autre amoureux.

CORILE.

Que te sert le babil, ie n'ûs iamais enuie,
De passer auec toy les beaux iours de ma vie;
Ce cœur plein de constance, & d'amour, & de foy,
Est trop à son Tyrsis, pour se doner à toy:
Mange tout seul tes noix, tes prunes, ton fromage,
Et porte tes baisers ailleurs, si tu es sage;
Les siens me sont trop chers pour te priser beaucoup.

SATYRE.

Il ne faut s'étoner vaincu du premier coup,
Pour ouyr vn propos de refus, oû d'excuse,
La femme bien souuent en acordant refuse;
Si tu prises si peu tout ce que ie t'ay dit,
I'ay dedans les forests encore le credit,
D'y treuuer le sanglier, le cheureuil, & la biche,
Et de tous mes tresors ie ne te seray chiche,

CORILE.

Tu as le poil trop rude, & trop sale la peau,
Va, ie veux vn amy plus gentil & plus beau.

SATYRE.

Mais si est ce mon cœur, si est ce ie t'assûre,
Que chacun me dit bien, que ceste cheuelure,

Qu'on voit éparpillée ainsi negligemment,
Done dessur mon cors vn mignard ornement,
Ce poil que tu dis rude, ainsy qu'vn frais bocage,
Me donc ce me semble vn agreable ombrage;
L'arbre déplaist à l'œil, quand au tems des froideurs,
On le voit dépouillé de feuilles, & de fleurs:
Que sembleroit vn peu, dites belle inhumaine,
Le cheual sans le crin, & la brebis sans laine?
Le petit oysillon sans estre bigarré,
De ce gentil duuet qui le rend si paré?
Ne prens point à dédain tout cela ma rebelle,
Mõ cors est rude & laid, mõ âme est pure & belle;
Le sexe feminin doit estre gracieux,
Doux, delicat, & beau, pour romplaire à nos yeux;
L'home robuste, & fort de muscles, & de vênes,
Pour suporter puissant, les trauaux & les pênes:
Que mes piez de cheureuil ne te soient à mépris,
Par eux, de bien courir i'ay remporté le prix,
Par eux, i'ay surpassé d'vn fort long auantage,
Le cerf au pié leger dans le desert sauuage;
Pourquoy dõc ma cruelle, he! pourquoy dõc mõ cœur,
Ne prens-tu point pitié de ma iuste douleur?
Pourquoy mõ tout, ma belle, & mõ âme, & ma vie,
Méprises-tu les vœux de mon âme asseruie?

                                            Corile.

CORILE.

Pource que ie ne puis, ie ne veux point t'aymer,
Et que d'un feu plus beau ie me sens enflâmer,
Satyre, laisse-moy, mon Tyrsis tient mon âme,
Et d'un rais de ses yeux seulement il l'enflâme.

SATYRE.

Ie iure les grands Dieux, les grãds Dieux immortels,
Dont tous les iours deuot, i'honore les autels,
Que ie m'en vengeray, tu ne sçais pas peu sage,
Que l'amour irrité, tourne souuent en rage,
Ton Tyrsis, ton mignon, ton bien aymé berger,
Sentira les éfets dont ie me sçay venger.

V

SCENE III.

PIMANDRE SEVL.

'Erre parmy ces bois, pensif, & soli-
　　taire,
Et rien que mes pensers ne me sçau-
　　roit complaire,
Pensers vains, abuseurs, fantômes
plein de vent,
Pensers, enfans de l'air, miroir trop deceuant,
Faux Prophetes d'amour, images mensongeres,
Peintres, dont les tableaux ne sont rië que Chymeres,
Songes de nos esprits, fureur de nos fureurs,
Feints apas de nostre âme, erreur de nos erreurs ;
Pensers trompeurs, & vains, fuyez à la malheure,
N'abusez pas mes sens, & soufrez que ie meure;
Melie, que me sert d'aler fuyant tes yeux,
Si ie porte dans moy mon penser amoureux?
Ie grimpe sur vn mont, ie cours vne campagne,

Mais mon triste penser sans cesse m'acompagne :
Come on voit çà, & là, la nauire tourner,
ʃans pourtant de ʃon nort l'éguille détourner ;
Mõ amour, quelque part que mes ʃens me détournẽt,
Les yeux de mon penʃer vers toy ʃans ceʃʃe tournent ;
I'ayme autant donc mourir, Melie, te voyant,
Que mon triste penʃer me ˊuë en te fuyant ;
Penʃers trompeurs, & vains, fuyez à la malheure,
N'abuʃez plus mes ʃens, & ʃoufrez que ie meure.

V ij

SCENE IV.

POLITE, SILENE.

POLITE.

E cherche par tout mon Silene,
Mais ie perds mõ tems, & ma pêne;
On m'a dit qu'il est dans ces bois,
Qui va chantant à pleine voix,
Le nom de ma belle Laurie;
Quoy? me l'auroit-il bien rauie,
Ce poltron? ie luy ferois voir,
Combien i'ay sur luy de pouuoir;
Non, non, ce n'est pas pour sa bouche.

SILENE.

C'estoit trop faire la farouche,
Sans me baiser.

POLITE.

Mais le voicy,

SILENE.

I'eusse fait le farouche aussy.

POLITE.

Qu'est-ce qu'ainsy seul il barbote.

SILENE.

Ah ! ie déchire vostre cote,
En la troussant sur vos genoux.

POLITE.

Ho ! ho ! Silene, éueillez-vous.

SILENE.

Ha ! mon cœur, que vous estes belle,
Je ne dors pas non, ma rebelle,

POLITE.

Que veux faire ce poltron cy ?

SILENE.

Cà, çà, dessous cét arbre cy,
Ie te veux doner dessous l'ombre,
Deux arbricots, & vn concombre.

POLITE.

Ie croy qu'il est deuenu fol.

SILENE.

Dis-tu qu'il est deuenu mol ?
Non est, ma foy, tâte mignone,
S'il est mol, ie veux qu'on le done,

V iij

Par morceaux aux chats du pays.

POLITE.

Il rend tous mes sens ébahis,
Silene, as-tu baillé ma lettre,
A Laurie?

SILENE.

Laisse-l'y mettre,
Et tu t'en iouëras si tu veux.

POLITE.

Mais seroit-il bien amoureux
De moy? si n'ay-ie pas enuie,
De quiter pour luy ma Laurie,
Ho! ho! Silene l'insensé?

SILENE.

Ma foy, ie n'ûsse pas pensé,
Que tu m'ûsses fait cét outrage.

POLITE.

Tu es yure, où tu n'es pas sage,
Mais parle vn peu, dy par ta foy,
Qui t'a fait amoureux de moy?

SILENE.

Amour, qui me prît par derriere,
Me tirant vne flêche entiere,

Il me la ficha ſi auant,
Qu'il m'en ſort vn pié pardeuant.

POLITE.

C'eſt ſon eſprit qui s'extrauague.

SILENE.

Si tu me veux preter ta bague,
Tu verras ſi ie ſçay courir,

POLITE.

Ce fol, cy me fera mourir
De rire, & bien, que dit Laurie?

SILENE.

Si ſeras tu par tout ſuiuie,
Tu as beau t'échaper de moy.

POLITE.

Il eſt fol à ce que ie voy,
Quel demon ainsy le poſſede?
Il en faut chercher le remede,
Ie le veux ſuiure, & m'enquerir,
Sil'on le poura point guerir ,
Voyez come il s'enfuit grand erre.

SILENE.

Ie m'en veux aler à la guerre,
Car ie ſçay bien tabouriner.

V iiij

LA FOLIE
POLITE.

Cesseras-tu de badiner ?
Entre au logis, dy grosse beste,
Te veux-tu rompre ainsy la teste?

SILENE.

O le plaisir que tu auras,
Estant couchée entre mes bras.

ACTE QVATRIEME.

SATYRE, CORILE, TYRSIS, ET POLITE.

SCENE I.

SATYRE SEVL.

Grands Dieux de là haut, que douce est la vengeance,
Quand nous auons receu qu'lque notable ofence;
Mes esprits irritez, en sont tout . . u-
cis,
Pleurez Nymphes, pleurez le malheur de Ty . .
I'ay toute nuit erré parmy les forests sombres,
Inuoquant à hauts cris les infernales ombres,

Les esprits plus puissans du manoir tenebreux;
I'ay coniuré Pluton dans son palais ombreux;
Et pour signe d'auoir exaucé ma priere,
La Lune pour vn tems a perdu sa lumiere;
Et les Cieux ont esté fort long tems obscurcis,
Pleurez Nymphes, pleurez le malheur de Tyrsis.

Ils m'ont aussy promis que la Nymphe rebelle,
Qui à mes humbles vœux se montre si cruelle,
Verra de son berger les membres tant aymez,
En vn Myrte sauuage auiourd'huy transformez,
Elle verra ses yeux, pleins de traits, & d'amorce,
Et ces cheueux dorez prendre vne rude écorce;
Elle verra ses bras en branches endurcis,
Pleurez Nymphes, pleurez le malheur de Tyrsis.

Cependant il me faut obeyr à leurs charmes,
Rechanter en mon roc quelques sinistres carmes,
Pour adoucir ma peine, & mes cuisans soucis,
Pleurez Nymphes, pleurez le malheur de Tyrsis.

SCENE II.
CORILE, TYRSIS, POLITE.
CORILE.

Tyrsis, ayez pitié de l'ardeur qui m'ĕ-
　　flâme,
Moderez le brandŏ qui cŏsome mon
　　âme,　　　　　　　(ma douleur,
Et faites, que les traits qui causent
Cherchent dorenauant autre but que mon cœur:
Car tant que ie seray captiue en ce seruage,
Mes vœux s'adresseront à votre belle image.

TYRSIS.

Corile, ie te plains, & ie me plains aussy,
De ne pouuoir t'aymer, & de m'aymer ainsy;
Plût aux Dieux que mon âme à la tienne asseruie,
Pût oublier vn iour les amours de Melie;
Corile, tu serois alors tout mon soucy,
Ie serois tout à toy, tu serois mienne aussy;
Vn rigoureux destin, (belle ie le confesse,)
Me contraint d'adorer vne ingrate maitresse,

Et ne me permet pas de te pouuoir aymer,
Nymphe, qu'vn feu pareil, à pouuoir d'enflâmer;
Mais bons Dieux! qu'est-cecy? ie treble, ie chancelle,
Et sens bien que mon sang peu à peu se congelle;
Mon âme se depart, & dissoût en froideurs;
Adieu belle bergere, adieu, car ie me meurs.

CORILE.

Tyrsis, mon cher Tyrsis, quelle cruelle enuie,
Des hauts Dieux courroucez te priue ainsy de vie?
Mon Tyrsis, parle à moy; mais helas! quel malheur,
Il est sans mouuement, sans pous, & sans chaleur;
Ces beaux yeux, ont perdu la lumiere si belle,
Ce teint, qui paroissoit vne rose nouuelle,
Qu'vn matin voit éclore en sa prime beauté,
Est terne, pâle, & mort, he! quelle cruauté,
Qu'ainsy deuant mes yeux la clairté soit rauie,
A celuy qui estoit la vie de ma vie;
Tu es mort mon Tyrsis, & Corile viura,
Non, non, croy que de pres Corile te suiura;
Au moins i'auray cét heur de te baiser mourante,
Ce que le sort cruel ne m'a permis viuante;
La mort assemblera, (bien qu'iniuste elle soit,)
Ce qu'amour plus iniuste assembler ne pouuoit:
Cheueux crespez, & blonds, dont mon âme blessée,

Fut de mile liens doucement enlassée ;
Beaux yeux, hôtes d'amour, qui causez en mõ cœur,
Tant d'atraits, tant de feux, de flâmes & d'ardeur,
Belle bouche, d'œillets, & de roses mêlée,
Dont les douces rigueurs me rendoient afolée ;
Et vous, belle âme encor, hôtesse de ce cors,
S'il vous reste du soin là bas parmy les morts,
Déplorable berger, voyez vostre Corile,
Dont l'humeur nouriciere en larmes se distile,
Qui en vn mêmie tems, & en vn même lieu,
Meurt impatiemment, en vous disant adieu :
Adieu mon cher Tyrsis, ie ne sçaurois plus viure,
Viuant tu me fuyois, & mort ie te veux suiure.

POLITE.

Non ferez, non ferez, quoy Nymphe ? quel grand
Vous a fait ce berger, pour vous doner la mort ? (tort

CORILE.

Hé laissez-moy mourir.

POLITE.

       Mais voyez, ie vous prie,
Elle est morte, où du moins elle est éuanoüye :
Ie sens dessur son front vne humide sueur,
Elle vit, ie luy sens vn batement de cœur ;
Mais ce berger est mort, ô la grande merueille,

LA FOLIE

Il est mort, & sa bouche est encore vermeille;
Il est encor tout chaud, ce berger vostre amy,
N'est pas encore mort; non, il n'est qu'endormy,

CORILE.

He! laissez moy mourir, permettez que ie te suiue.

POLITE.

Ie la veux emmener puis qu'elle est encor viue;
Non, vous ne mourrez pas, ce seroit cruauté,
Que de faire mourir vne telle beauté;
Sus bergere, prenez vn petit de courage,
Essayons de gaigner peu à peu le vilage;
Je vous y ayderay, puis ie viendray querir,
Ce berger, qu'on poura peut-estre bien guerir.

CORILE.

Hé! quelle guarison.

POLITE.

le croy vrayment ma mie,
Que vous vous abusez, car il est plain de vie.

CORILE.

Ie sçay bien qu'il est mort, mais mon cruel destin,
Ne veut pas que mes maux prennent encore fin.

SCENE III.

SATYRE SEVL.

E tems est arriué maintenant, que ta vie,
Te sera beau Tyrsis par la parque rauie;
'Tes cheueux; de Corile autrefois tant aymez,
En feüilles se verront de Myrthe transformez;
Ie n'auray crainte alors, qu'au frais de ce bocage,
Elle aille quelquefois se seoir sous ton ombrage,
C'est là, que pour te faire vn plus grand déplaisir,
Auec elle i'iray contenter mon desir;
Là, nous nous baiserons, là ie verray ta vie,
Par vne humeur ialouse encor vn coup rauie;
A trauers ton écorce, à tous coups tu verras,
Corile qui t'aymoit, mourir entre mes bras:
Mais vne ardeur diuine, vne fureur subite,
Hors de moy me transporte, & tous mes sens agite,
Paracheuez grands Dieux, vous me deuez venger,

C'eſt à vous à punir maintenant ce berger.

　　Icy Tyrſis eſt changé en Myrte.

Me voila ſatisfait, rien plus ie ne demande,

Mais póur le bien reçeü, d'vne deuote ofrande,

Humble, & plein de reſpect, ô grãds Dieux immor-

Ie vay preſentement honorer vos autels.　　(tels,

SCENE IV.

CORILE , TYRSIS.
CORILE.

Es Dieux n'ont pas voulu, que contre moy cruelle,

Ie m'ouuriſſe le ſein d'vne playe mortelle,

Sans que premier ce cors ſi chere-
ment aymé,

Fût de mes propres mains doucement embâmé ;

I'aporte icy des lis, des œillets, & des roſes,

Au frais de ce matin nouuellement écloſes ;

I'ay le lait, & le miel, & ne dois plus auoir,

Que des rameaux de Myrte, à ce dernier deuoir ;

　　　　　　　　　　　　　　　　　　Qu'à

Qu'à mon aymé Tyrſis ie deſire de rendre;
Et lauer de mes pleurs ſa bien. heureuſe cendre;
Mais i'en aperçois vn, il m'en faut aprocher,
Et pour mon ſacrifice, vne branche aracher.

TYRSIS.

Bergere, ſi ton cœur fut iamais pitoyable,
Ne trouble mon repos, laiſſe. moy miſerable,
Languir ſous la rigueur de ce Myrte endurcy.

CORILE.

Ie ſuis hors de moy-même, ô bós Dieux! qu'eſt-ce cy?
Qui que tu ſois, pardone à cette mienne ofence,
Excuſe par pitié, ce que mon ignorance,
T'a pû faire de mal, que s'il te reſte au cœur,
Quelque peu de regret de ton cruel malheur,
Et ſi come la voix te reſte la memoire,
Eſprit infortuné; que ie tiendrois à gloire,
De ſçauoir qui tu es, quel des Dieux animé,
T'a, come ie te vois, en arbre transformé.

TYRSIS.

Ie pardone à ta main, ignorante, & cruelle,
Le mal qu'elle m'a fait; mais las! pardone belle,
Pardone à ton Tyrſis, qui fut plus inhumain,
Enuers toy mile fois, qu'enuers luy n'eſt ta main:
Pardone à ſes dédains, pardone à ſon audace,

X

Et voy come le Ciel les orgueilleux menace.

CORILE.

Helas! mon cher Tyrsis, he! combien de malheurs,
Combien deſſur mon chef ſe verſent de douleurs ;
Mais ſi tu as perdu cette humeur ſi farouche,
Si le doux ſouuenir de Corile te touche ,
Au moins , ô ma belle âme, au moins dy- moy comět,
Les Dieux ont procuré ce triſte éuenement.

TYRSIS.

Tes beaux yeux, que les miës trop cruels dédaignerët
Tant de braſiers ardens autrefois alumerent,
Dans le cœur du Satyre, & ſes boüillants eſprits,
Furent de ton amour ſi viuement épris,
Que te voyant vers luy cruelle, & dédaigneuſe,
Il crut que tu eſtois de Tyrſis amoureuſe ;
Vne ialouſe humeur ſoudain le poſſeda,
Et de ſon art magique en ce beſoin s'ayda ;
Lors que moins nous penſions ſi grande ſa puiſſance,
Il endormit mes ſens, mêmes en ta preſence ;
Tu me vis à tes piez come mort étendu,
Corile, il m'en ſouuient, par trop me fut rendu,
Ton œil moite de pleurs, & pour dernier oſice,
Tu me voulus ofrir ta vie en ſacrifice ,
Pour me ſuiure à la tombe ; or les Dieux plus amü,

De me faire mourir ne luy auoient permis;
Aussy ne pouuant mieux pour assouuir sa rage,
Sur mon cors innocent, il suscite vn orage,
Vn air tout ensoufré, qui d'aupres moy sortit;
Et en vn même instant la terre m'engloutit;
Lors il chanta sur moy quelques sinistres carmes,
Et ie sentis soudain par l'éfort de ses charmes,
S'endurcir tous mes nerfs, mon poil se ralonger,
Et en branches soudain, & feüilles se changer;
Mon cors deuient vn tronc, ie sentis que mes vênes,
Se vuidant de leur sang, aussy tost furent plênes,
D'vn suc noir, & grossier, ainsy que tu me vois,
Se perdit de Tyrsis, tout excepté la voix;
L'âme, & la passion dedans cét arbre enclose;
Telle de ton Tyrsis fut la metamorphose:
Mais parmy ces malheurs, vn Dieu doux & benin,
Soulage mes trauaux d'vn gracieux destin;
Et trompant les éforts de l'enuieux Satyre,
Fait que l'air d'Arcadie encore ie respire;
Ce Dieu prenant pitié de mon cruel émoy,
Sans l'auoir merité me rend du tout à moy:
Il redone à mes nerfs leur vigueur coutumiere,
A mes vênes leur sang, à mes yeux leur lumiere,
A mes sens leur ofice, à mon cœur les soupirs,

X ij

A mon âme l'ardeur, l'amour, & les desirs,
Bref, il rend à mon cors, sa puissance, & sa force,
L'enfermant seulement dans cette dure écorce :
Vn iour heureux (dit.il)ains trois fois heureux iour,
T'ôtera cette écorce, & le bandeau d'amour ;
Donque,s'il reste encor bergere dans ton âme,
Quelque petit brasier de cette antique flâme,
Si tu voulois du bien, même apres le trépas,
A Tyrsis, qui cruel ne le meritoit pas ;
Au nom des Dieux, ren luy, ce fauorable ofice,
Porte ces fleurs, ce miel, ce last, ce sacrifice,
Au Temple du Dieu Pan, & là, d'vne hûble voix,
Inuoque à chef baissé, son grand nom par trois fois,
Que ce iour il auance, & qu'il baste vn peu l'heure,
Pour me tirer d'icy, où que bien-tost ie meure :
Ainsy, ce Dieu benin, puisse abreger le cours
De mes ans mal-heureux, pour bien-heurer tes iours.

CORILE.

Autre âme de mon âme, ô ma belle lumiere,
Tu n'es pas seulement en ce tronc prisoniere,
Corile y est encor : las ! le plus beau de moy,
Mon cœur, & mes desirs, sont enclos auec toy :
Mais demeure en repos, par tant de larmes saintes
Par tant de tristes cris, & d'ameres complaintes,

Ie m'en vay mon Tyrsis importuner les Dieux,
Qu'ils te rendent en fin vn estat plus heureux.

SCENE V.
POLITE, TYRSIS.
POLITE.

Vis que Silene est fol, il faut que de moy même,
Ie cherche le remede à mon amour extréme; (posé
Celuy qui à peu sage vn tiers inter-
En amours, il s'en treuue à la fin abusé;
I'ay treuué dans ces bois vn Mage venerable,
Qui conoissant mon mal doit m'estre secourable
A l'endroit de Lauïe, & l'vn charme trompeur,
Doit embraser son âme, & enflamer son cœur:
I'ay laué par trois fois ma face à la fontaine,
Inuoquant le beau nom de ma belle inhumaine,
Ainsy qu'il m'auoit dit, & i'ay cueilly sans bruit,
Et l'armoise, & le trefle au milieu de la nuit;
I'ay maintes fleurs encor, dont la force inconuë,

X iij

Se remarque à l'épreuue, & non pas à la veuë;
Mais il me faut du Myrte, afin qu'apres mes vœux,
l'entaſſe tout cela, dós blonds, & doux cheueux
De ma belle Laurie, en voicy vn tout contre,
Les Dieux puiſſent ayder cette heureuſe rencontre.

TYRSIS.

Pere, arête ta main, garde-toy d'aracher,
Les membres de Tyrſis, iadis ton fils ſi cher.

POLITE.

Quels charmes ſont cecy ? las ! ie n'ay point d'enuie,
De troubler le repos de ta dolente vie;
Myrte, plus animé cent fois que non pas moy,
Car ie me ſens preſſé d'vn ſi puiſſant émoy,
T'oyant nomer Tyrſis, que pour cette parole,
Mon âme, ce me ſemble, hors de ſon lieu s'enuole:
Mais ne me flate point, es-tu mon fils ſi cher,
Que depuis ſi long tems ie ſuis venu chercher?

TYRSIS.

Je le ſuis, & ie ſuis ce berger miſerable,
A qui tu fus vn iour doucement fauorable,
Lors que tu empéchas par vn bien-heureux ſort,
Que Corile pour moy ne ſe donât la mort.

POLITE.

Quel aſtre infortuné, mon Tyrſis te fit naitre ?

TYRSIS.

L'astre malin d'amour, de mes destins fut maitre,
Par luy ialousement vn Satyre animé,
Enuieux de mon heur, ainsy m'a transformé ;
Mais ne te fâche point, prens courage mon pere,
Les Dieux auec le tems détourneront ariere,
De mon chef innocent le malheur que tu vois,
Adieu mon pere, adieu, ie sens faillir ma voix.

POLITE.

Ha ! pere infortuné, que le malheur contraire,
M'a toujours procuré de pêne, & de misere,
Que le Ciel m'est cruel, apres vn si long tems,
Ie treuue ores mon fils, ie l'entens, ie l'entens :
Mais las ! i'ëbrasse vn tronc, & ma léure ne touche,
En le pensant baiser qu'vn insensible souche ;
Tyrsis, ie n'oseroy chetif te requerir,
Par le doux nom de fils, ce nom me fait mourir ;
Infortuné Tyrsis, dy-moy, ie te coniure
Par les pleurs que i'épans, puisque cette auanture,
Ne peut toujours durer, quel Dieu doit mettre fin,
Au triste euénement de ce cruel destin :
Tyrsis, tu ne dis mot, ce rigoureux silence
Ne me peut figurer vne bone esperance ;
Plutost mon cher Tyrsis ce croulement de chef,

X   iiij

Me promet qu'éternel durera le méchef,
Ariere donc fureur amoureuse, & traitresse,
Qui pensez finement abuser ma vieillesse,
Ariere amour, ariere, il ne faut plus parler,
Que d'étoner de cris, le Ciel, la terre & l'air,
Mon mal est sans remede, & mon dueil sãs exẽple,
Ie veux dorenauant, me pouuoir dire vn temple
Où les cuisans regrets de mon triste malheur,
Immoleront mon âme, aux piez de la douleur.

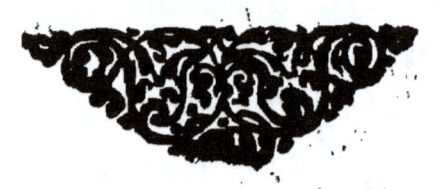

ACTE CINQVIEME,
SCENE I.

PIMANDRE , MELIE , SATYRE,
CORILE , PAN, TYRSIS,
POLITE , ET
SILENE.

PIMANDRE.

*Vis qu'vn fort tout pareil , nos
deux âmes possede,
Puisque nous ne pouuons esperer
de remede
Icy bas en nos maux , implorons
des grands Dieux,
Ma sœur, dedãs leur têple, vn destin plus heureux.*

MELIE.

Alons ie vous suiuray,

SATYRE.

Tu ris de mon martyre,

Tu te gausses voyant que pour toy ie souspire,
Mais c'est trop m'abuser, il faut fiere beauté,
Qu'auiourd'huy le respect cede à la cruauté.
Ça, ça, qu'on se dépêche, il faut faire sans dire.

CORILE.

O Cieux! secourez-moy.

SATYRE.

Cà tost,

CORILE.

Quoy donc Satyre,
Ne crains·tu point les Dieux perfide rauisseur?

SATYRE.

Mais toy, qui ne veux pas m'ayder par la douceur.

CORILE.

Plutost grand Iupiter, d'vne horible tempeste,
En mile & mile parts acrauante ma teste,
Mon Tyrsis ie t'inuoque; ha! Tyrsis, ha! Tyrsis,
Bons Dieux! secourez-moy.

SATYRE.

Leurs bras font acourcis.

PIMANDRE.

Voyons que c'est ma sœur.

PAN.

Le Ciel t'est fauorable,
Qui prête sa faueur toujours au miserable:
Race ingrate des Dieux, impudent rauisseur,
Ne crains tu point des Dieux le couroux punisseur?
Penserois-tu forcer d'vne ateinte foiblette,
Des arrests de là haut la contrainte secrette?
Ie te banis d'icy, que iamais tu ne sois,
Hôte de ce pays, de ces chams, de ces bois ;
Mais auant il me plaist, que même en ta presence,
Tyrsis retourne encor en sa premiere essence ;
Le Ciel me l'a permis, & le grand Jupiter,
Daigna pour ce sujet ma priere écouter ;
Vn tonerre grondant dessur ma sainte teste,
M'assûra que les Dieux acordoient ma requeste ;
Cessez charmes, cessez, & soyez adoucis ,
O destins trop cruels du malheureux Tyrsis.

Icy Tyrsis reprend sa premiere forme.

TYRSIS.

Ie vous voy donc encor, ô Soleil de ma vie,

Je vous voy donc encor, ô ma chere Melic, (Dieux!
Ha! que d'ayse, & que d'heur, mais ou suis-ie bons
Et où me pousse icy le sainct decret des Cieux?

P A N.   (tes)

Pasteurs, tenez-vous cois, & vous belles Nymphet-
Oyez de vos destins les choses plus secrettes;
Atentiues, prestez l'oreille à ce discours,
Qui comence, & finit vos cruelles amours.

P O L I T E.

Auec combien d'ennuis, d'angoisse, & de tristesse,
Polite malheureux, se treuue ta vieillesse:
Mais quels gens sont-ce cy? treuuez à l'impourueu
Il faut les écouter, ie croy qu'ils ne m'ont veu.

P A N.

Polite, nourissoit d'une soigneuse cure,
Melic, auec Tyrsis, sa chere geniture,
Ses enfans bien-aymez, dont la chaste beauté,
Estoit tout le suport de sa viduité;
Ils estoient son soulas, son suport, & sa vie;
Passant ainsy ses iours, sans soucy, sans ennuie;
Mais le Ciel qui voyoit leur destin de plus loin,
Trauersa ce bon-heur, sans en quiter le soin:
Seuere, viuoit lors parmy nostre Arcadie,
Mere de toy, Pimandre, experte en la Magie;

Enl'art de deuiner, & qui préuoyoit bien,
Des aſtres dominans, & le mal, & le bien;
Sçauante, elle conut qu'vne douce influence,
Auoit lié les cœurs même dez leur enfance,   (iour,
De Pimandre, & Amelie; & qu' Hymen quelque
Deuoit fauoriſer leur reciproque amour.

POLITE.

Dieux! qu'eſt-ce que i'enten.

PAN.

Vn iour, elle eut enuie,
D'aler chez ce Polite, & d'enleuer Amelie,
Afin de la nourrir chétiue, qui doutoit,
D'vn bon-heur, que le Ciel enfin luy promettoit;
Reſoluë à ce point, l'Aurore aux doigts de roſes,
A pêne auoit du Ciel les bârieres décloſes,
Qu'elle part de ſa grote, & fit tant de chemin,
Trauerſant le pays, qu'elle ariue à la fin,
Au logis de Polite, où ſeulets, & ſans garde,
Eſtoient les deux enfans, mais ſous la ſauue garde,
Des grâds Dieux immortels; ſoudain qu'elle t'ût veu,
Tu alumas ſon cœur laſcif d'vn nouueau feu;
Tes yeux, bien qu'innocens, embraſerent ſon âme,
Tyrſis, d'vne ſi douce, & ſi puiſſante flâme,
Qu'oubliant, & ſon âge, & tout autre deuoir,

LA FOLIE.

Elle délibera sur l'heure de t'auoir,
Et t'enleuer aussy, se prometant qu'heureuse,
Elle seroit vn iour ta premiere amoureuse ;
Donant les premiers fruits de tes embrassemens,
A son sein, tout flétry par la longueur des ans,
Ainsy elle t'enleue,

POLITE.

O Dieux ! que de merueilles,
Doy-ie croire à mes yeux, croiray-ie à mes oreilles ?

PAN.

Aydée à ce dessein par vn sien seruiteur,
Tyrsis, elle te prend, & Melie ta sœur,
Tous deux en même tems, votre âge ieune, & tēdre,
Pauures petits enfans, ne se pouuoit défendre :
Come ils sont dans vn bois, ie fay qu'vn fort someil,
Les surprend tout soudain, & leur fait clore l'œil ;
Alors leur reprenant ceste proye rauie,
Ie te pris, mon Tyrsis, & luy laissay Melie,
Luy laissant quant & quant, vn éternel desir,
Vn éternel ennuy d'vn si soudain plaisir ;
T'ayant aquis ainsy, ta vie me fut chere,
Et fis soigneusement qu'vne sage bergere,
Te prit, & te nourit, atendant que les Cieux,

Bien heuraſſent en fin tes deſtins amoureux:
Seuere, à ſon réueil ne te treuuant près d'elle,
Vne ſoudaine peur la preſſe, & la martelle :
Elle braſſe, elle court, & d'vne afreuſe voix,
Fait retentir Tyrſis, Tyrſis, parmy ces bois;
Quel importun deſtin, quelle Nymphe traitreſſe,
Diſoit elle à rauy, ma vie, & ma lieſſe ;
Mon Tyrſis, où es-tu ? mais Echo ſeulement,
Répondoit pitoyable, & plaignoit ſon tourment ;
Force donque luy fut de prendre patience,
Et d'adoucir ſon mal, d'vne foible eſperance
De te trouuer vn iour, & pouuoir a plaiſir,
Eſtant robuſte, & fort, contenter ſon deſir:
Pour ce coup ſeulement, Melie, elle te mène
Chez elle, ou vn ſoupçon la tourmente & la gène;
Elle craint de te perdre, & qu'ainſy quelque iour,
On dérobe à ſon fils le fruit de ſon amour.
Tyrſis luy ſert d'exemple, ainſy fine, & acorte,
Elle les veut lier d'vne chaine plus forte,
Elle vous eneretient dez lors en cette erreur,
Qu'elle eſtoit voſtre mere, & qu'eſtiez frere, & ſœur,
Le deſtin amoureux qui comande à vos âmes,
Ne laiſſe pas pourtant de vous cauſer des flâmes,
Mais vne iniuſte loy, martyre des amans ;

S'opose sous ces noms à vos contentemens,
Arête vos desirs, le respect, & la crainte,
De la loy, rend leur flâme, ou cachée, ou éteinte;
Ainsy le Ciel voulut trauerser vos amours,
Jusqu'à ce iour fatal, qui bien-heure vos iours :
Suiuez donc à present les saintes ordonances,
Et des Cieux, & d'Amour, & de vos influences;
Beau couple, ne soufrez que cette simple erreur,
Retarde plus auant vostre comun bon. heur;
Melie, non plus sœur, mais ta plus chere Dame,
Soit ce iour le guerdon de ta pudique flâme;
Pimandre, non plus frere, ains amant bien-heureux
Soit ce iour le guerdon de tes plus chastes feux,

PIMANDRE.

L'aise me rend muet, ma beguayante langue,
Ne sçauroit par quel bout comencer sa harangue;
Tu es mienne Melie, & Pimandre tout tien.

MELIE.

Oüy, je suis toute à toy, puisque tu es tout mien.

PAN.

Et toy Tyrsis tu as ores la conoissance,
Aussy de ton erreur, mais quoy? ton ignorance,
Incoupable se rend, & sçay bien que les Dieux,
Excuseront benins, ton desir furieux;

Les

Les Dieux pardoneront à l'innocente flâme,
Vn forfait n'eſt point tel, s'il n'eſt comis de l'âme;
Suy donque ton deſtin, l'amoureuſe douceur,
Qui t'embraſoit tantoſt pour Melie ta ſœur,
Soit ores conuertie à bien aymer Corile,
Corile qui n'eſt point d'vn bergerot la fille;
Elle eſt mienne, Tyrſis, Cloris la Nymphe vn iour,
Me dona ce preſent, témoin de notre amour:
Ie veux donc, qu'oubliant les amours de Melie,
Corile maintenant, ſoit ton cœur, & ta vie,
Ton âme, tes deſirs, & ta chere moitié;
Car elle a merité ta fidelle amitié:
Et pour ce ſeul regard, i'ay toujours eu la cure,
De toy, de ton amour, & de ton auanture;
Les charmes diſſipant du Satyre velu,
Qui t'auoit transformé en vn arbre fucillu,
Penſant de ta Corile atirer la belle âme,
Pour laquelle il brûloit d'vne cuiſante flâme,
Portant dedans l'eſprit vn furieux martel,
De voir à ſon amour preferer vn mortel:
C'eſt moy, qui détruiſant par ma derniere force,
Tous ces enchanſemens, t'ay tiré de l'écorce,
Sous laquelle ie t'ay préſerué de la mort,
De ma Corile, & toy, prédeſtinant l'acord;

Y

'LA FOLIE

Afin que déformais vous puiſſiez ſans enuie,
Paſſer heureuſement le cours de votre vie.

TYRSIS.

O grand Dieu des Paſteurs, à bon droit adoré,
Ton ſaint Temple ſera de nos vœux honoré.

CORILE.

Deux fois tu es mon pere, & puis à bon droit dire,
Que reuiuante encor, par toy ſeul ie reſpire
Deux fois l'air d'Arcadie.

POLITE.

            Il me faut aprocher,
C'eſt trop en ſe cachant ma lieſſe cacher;
Çà, que ie vous embraſſe, ô Tyrſis, ô Melie,
Enfans, le ſeul obiet de ma dolente vie;
Mes enfans bien aymez, mes enfans gracieux,
Que ie rebaiſe encor votre front, & vos yeux.

PAN.

Amis, pour honorer la feſte ſolennelle,
Je veux de votre fol débroüiller la ceruelle;
Et pour ce ſeul éfet, ie vous mets en la main
Cette verge, de qui l'éfet ne ſera vain,
La paſſant ſur ſon front trois fois, ſon éficace
Remettra ſon eſprit en ſa premiere place;
Ie veux pour dauantage encores apreuuer,

Ce bien heureux hymen, au banquet me treuuer ;
Et afin que les Dieux autorisent vos flâmes,
Chantons en leur honeur ces beaux Epithalames.

EPITHALAME.

SVr ce couple d'amans heureux,
Autant aymez, come amoureux;
Que le Ciel a iamais enuoye,
Vne moisson de doux plaisirs,
De ris, d'amours , & de desirs,
Où la douleur en fin se noye.
POLITE.
Que ce Dieu qui eut au besoin,
De leurs amours touiours le soin,
Et qui conduit leur destinée,
Acouplant leurs belles moitiez ;
Benisse ores leurs amitiez,
En cette celebre iournée.
PAN.
Iamais les ialouses rancœurs,
Ne treuuent place dans les cœurs,
De vos bergeres gracieuses;

Y　iij

LA FOLIE

Que les dédains, ny les mépris,
Ne troublent iamais vos esprits,
De leurs riotes odieuses.

POLITE.

Plutost un éternel printems,
Qui les acompagne en tout tems,
Rende leur amour fortunée;
Et que dans ces chams d'alentour,
Nos bergers chantent tour à tour,
O ! hymen, hymen, hymenée.

SILENE chantant.

Si i'auois autant de moutons,
Que i'ay baisé ces gros tetons,
Ma foy ie voudrois que mon Maitre,
Fût mon valet, & s'alât paitre ;
Ha ! le voicy, ha ! le voila,
C'est cetuy-cy, c'est cetuy-là,
Ha ! qui m'a doné cette femme,
Dieux ! pardonez à ma pauure âme,
Car ie me meurs en combatant:
Quarante, il m'en faut bien autant,
Car ie veux aller en Egypte:
Voyez come ils prennent la fuite,
Il faut sur ce ioly gason,

Chanter vne gaye chanson.

POLITE.

Voicy l'éceruelé, le grand Dieu Pan renuoye,
Ce broüillard importun qui ton esprit déuoye,
Et te rende les sens.

SILENE.

Ha! qu'est-cecy bons Dieux!

Mon Maitre, pardonez à mon mal furieux,
Ie vous ay trop fâché estant en ma folie,
De n'auoir pas porté votre lettre à Laurie,
Ie ne sçay où elle est, car en dormant vn iour,
Mon esprit fut troublé d'vn fantastic amour.

POLITE.

Va, ne te soucy' point, allegresse, allegresse,
Que ce iour soit remply de ioye, & de liesse:
Vien, ie te diray tout estant à la maison,
Ie veux que nous faisions coupe-gorge à l'oison,
Que l'on n'épargne rien, de bon cœur ie le iure.

SILENE.

Et moy pareillement, ma foy ie vous assûre,
Que ie veux trauailler à ce ioly festin,
Autant, ou plus que deux, mais y a-til du vin?

TYRSIS.

Voilà bien deuiné, sçay-tu pas que nos vignes,

LA FOLIE DE SILENE.

Ont à ce coup porté des vendanges insignes,
Que chez nous, il y a plus de vingt muids de vin?

SILENE.

Ha! vraiment, ce sera tout l'honeur du festin.

POLITE.

Alons-nous en deuant, toy Silene, vien vite.

SILENE.

Ie seray sans mentir, plutost que vous au gîte,
Ne pensez que ie sois en ce lieu langoureux,
Tandis que iouyrez des baisers amoureux
De vos cheres moitiez, cependant preu vous face,
L'oison n'est pas bien cuit, vous atendrez la farce.

FIN.

Ce livre appartien a Sieur
Maralla. Ce 16 Jour de decembre
| 1637 |

Joannes Maralla
1637